先祖探偵

新川帆立

ハルキ文庫

角川春樹事務所

目次

第一話　幽霊戸籍と町おこし　7
第二話　棄児戸籍と夏休みの宿題　55
第三話　焼失戸籍とご先祖様の霊　115
第四話　無戸籍と厄介な依頼者　177
第五話　棄民戸籍とバナナの揚げ物　233
〈特別対談〉辻堂ゆめ×新川帆立　307

画——太田侑子

先祖探偵

第一話　幽霊戸籍と町おこし

1

邑楽《おうら》風子《ふうこ》はジーンズしか穿《は》かない。母と生き別れてから二十年以上、野良猫《のらねこ》みたいに暮らしてきた。

谷中銀座《やなかぎんざ》から一本入った先に、へび道と呼ばれる路地がある。十メートル先も見えない、くねくねとした道だ。昔は川が流れていた。今はコンクリートのふたをかぶり、ずっと道だったような顔をしている。

両脇《りょうわき》の住宅地からアオギリの枝が顔をむっと出し、日焼けして黄色くなった蔦《つた》があふれていた。車はやっと一台通れる。軒先には錆《さ》びた自転車がぽつりぽつりと置かれていた。

へび道の中ほどに二階建てのビルがある。鉛筆みたいに細長いマンションに両脇を挟まれて、窮屈そうに建っている。そのビルの二階に、風子の探偵事務所はあった。

六月に入ってからずっと天気はぐずついている。ゼラチンを垂らしたように粘り気のある空気が身体《からだ》にまとわりつき、じっとりと蒸し暑い。

約束していた午前十時きっかりに、甲斐裕翔《かいゆうと》が現れた。

年齢は風子と同じくらい、三十代前半に見えた。入り口で雨粒を落としながらウインドブレーカーを脱いで一礼する。

裕翔の視線が一瞬、風子の身体の上を通った。服装が気になったのだろう。洗濯を重ねてくたくたになった白いTシャツと、リーバイスのノンウォッシュデニムを着ていた。

ぶしつけな視線に構わず、風子は無表情のまま裕翔を出迎えた。ジャケットを着たほうが無難なのは分かっているが、どうにも肩が凝るから嫌だった。

裕翔は薄い灰色のスーツ姿だ。仕立てがよいのだろう。身体によくフィットしていた。肌は日焼けして浅黒い。巌《いわお》のように張り出した頬骨《ほおぼね》の上には、それと不似合いな人懐っこい目が覗《のぞ》いている。きびきびとした動作で挨拶《あいさつ》をして、手土産《てみやげ》を差し出した。

「依頼人の先祖をたどってくれるのですよね？」

応接ソファに腰かけた裕翔は、声を落として言った。先ほどまでの愛想笑いは引っ込めて、真顔で風子を見つめている。

「はい、先祖探偵ですから。ご希望のところまでご先祖様を調査差し上げます。もちろん調査の限界はありますが」

風子はいつもの説明を口にした。

客はたいてい、戸惑いながらやってくる。本当に先祖がたどれるものか、期待半分、疑い半分なのだ。

「それで、今回のご要望というのは？」

裕翔は都内の大手商社に勤務している。三年前に結婚し、娘が一人いる。事前の申込フォームにそう記載されていた。

だが肝心の相談内容は「親族を探したい」とだけ書いてあり、具体的な情報を得ていなかった。

「ひいじいさんを探してほしいのです」

「探す？　存命なのですか？」

手にしたボールペンが止まった。膝《ひざ》の上には白紙のメモパッドが置いてあった。

「そのようです。今年で百十一歳になる……らしいです」

裕翔はクラッチバッグから小型のビジネス手帳を取り出し、挟んであった一枚の名刺を差し出した。

名刺には『宮崎県日南《にちなん》市役所　地域振興課　黒木駿《くろきしゅん》』と記されている。

風子は名刺の名前と所属先を素早く書き取った。

「先日、杉並の自宅にこのかたが訪ねてきました。僕の曽祖父《そうそふ》にあたる甲斐三郎《さぶろう》が、来月で百十一歳になり、日本最高齢の男性となるらしいのです。町おこしの一環として三郎を表彰したいから、会わせてほしいという用件でした」

風子は思わず身を乗り出した。

「日本最高齢ですか。それはすごい」

「ですが、僕自身、曽祖父に会ったことはありません。うちは父方の祖父が宮崎県出身です。二十歳《はたち》で上京して、そのまま東京に居ついたことは知っています。その祖父も二十年ほど前に亡くなりました。曽祖父も当然に亡くなっているものと思っていたのですが。もし生きているなら、僕も会いたいと思いまして」

「市役所のかたも、ひいおじい様の居所が分からないのですか」

「そのようです。本籍地は宮崎県日南市にありますが、本人は見当たらないようで」

風子の片眉《かたまゆ》が少し上がった。

「ひいおじい様の住民票だけ残っている状態ということですか」

「戸籍謄本もそのまま残っているようです」

「残念ですが」

少し間をおいて風子は口を開いた。

「残念ですが、ひいおじい様は既に他界されている可能性が高いように思います。死亡届が出されない限り、戸籍は残り続けます。『幽霊戸籍』といって、過去に二百歳の男性が戸籍上存命だったこともあるくらいです」

裕翔は神妙にうなずいた。「そうですよねえ」

組んだ両手に視線を落としたまま、自らを納得させるように数度首肯する。

「僕も生きていると信じているわけではないのですが……」

「ただ、対象者の生死にかかわらず、調査することは可能ですよ。ご先祖様を調査する事務所ですから、存命のかたより仏様を調べることのほうが多いですし」

風子の言葉に、裕翔は顔を上げた。

「本当ですか。それならばお願いしたいです」

「調査によっては値が張ります。日当で三万円、交通費や宿泊費といった実費は別途請求することになります。数十万は覚悟頂くことになろうかと」

「お金なら大丈夫です」あっさりとした口調だ。

風子は裕翔をじっと見つめた。

「念のため確認させてください。数十万円もかけて、どうしてひいおじい様を探すのでしょうか？」

唾《つば》を飲み込んだのだろう。裕翔の大きな喉仏《のどぼとけ》が上下に動いた。

「どうしてでしょうね。自分でもよく分かっていないのですが」

裕翔は小首を傾《かし》げて、顎《あご》に手を当てた。

「曽祖父のことを訊《き》かれて、何も答えられない自分に驚いたんです。そんなに昔ってわけでもないでしょう。祖父から思い出話を聞いておけば、どんな人か分かったのに。何も知らずに暮らしてきちゃったな、と思って。せっかくの機会だから調べてみようと思ったのです。仕事が忙しいので自分で調べる時間はないですが、お金には余裕があります。それでこうして、プロの力を頼ろうと思ったのです」

「なるほど、分かりました。それからもう一つ」

風子はペンを握りなおした。

「市役所のかたは、宮崎県から東京都杉並区まで訪ねてきたのですよね。どうしてわざわざ、そんなことをするのでしょう？」

裕翔は首を傾げた。

「さあ。町おこしのための表彰ということだから、出張なのでしょうけど。そのくらいで出張に行けるものですかね。何か別件のついでなのかもしれません。そのあたりの事情は聴いていなかったので、分かりかねます」

外では雨が本降りになっているようだ。バチンバチンと窓を叩《たた》く雨音が二人の間に流れた。

裕翔は委任状にサインをすると、丁寧に頭を下げて帰っていった。

「礼儀正しい、感じの良い青年だったね」

紅茶のポットを下げに来た戸田康平《とだこうへい》が漏らした。

康平は、探偵事務所の下の階で喫茶店「マールボロ」を営んでいる。先代の店主が煙草《タバコ》好きだったために付けられた店名だが、代替わりして今は禁煙だ。

康平は古いポットを持ち上げると、テーブルに新しいポットを置いた。ふんわりと華やかな香りに包まれる。息を吸うと、マスカットのような瑞々《みずみず》しい香りが鼻に抜けた。紅茶の種類は日替わりで、康平の気まぐれのままに出てくる。今日はダージリンの日だった。

「新しい紅茶？　頼んでないけど、もらっていいの」

「下にお客さん来ているよ。面倒臭そうな人」

康平は背を丸めたまま出て行った。

四十過ぎにしては、頭に白いものが多い。

気苦労の原因は明らかだった。

昨年の秋に突然、妻の昌子《まさこ》が家を出たのだ。「好きな人ができた」という書き置きがあったらしい。豆電球みたいに明るくて小柄な女だった。ぱったりと暗くなった店の雰囲気を察してか、常連客の足も遠のいている。

情けというわけでもないが、風子は来客のたびにポットの紅茶を「マールボロ」から注文するようにしていた。捨て置かれる者の気持ちはよく分かった。風子が五歳のときに、唯一の身内だった母が姿を消したからだ。

康平と入れ違いでバタバタと階段を上る足音がした。

ノックもなくドアが開いた。「ちょっと先生」

馬場《ばば》秀樹《ひでき》という中年の男だ。

半袖《はんそで》のシャツをチノパンに入れて、その上から灰色のフィッシングベストを着ている。

「先生ではないんですけどね」風子がやんわりと言った。

馬場の用件はおおかた予想がついていた。

「メール見ました。どういうことですか」

乱暴に傘を傘立てに突っ込んで、肩についた水滴を払い落とす。風子が勧める前に、応接ソファに腰かけた。

「我が家の先祖が農民だって、そんなことありえません」

馬場には先祖調査を依頼されていた。

調査結果と資料を昨日送付したばかりだ。

「我が家は武田《たけだ》信玄《しんげん》公の重臣、武田四天王の筆頭格でもある馬場信春《のぶはる》の血を引く一族ですよ。代々そう言い伝えられているのです。甲州《こうしゅう》の馬場といえば、我が一家です」

幼い頃《ころ》、親戚《しんせき》の集まりでそう聞いたらしい。それがきっかけで馬場は歴史好きになった。趣味は城跡めぐりだという。今になって出自を否定されても、素直に受け入れられないのだろう。

キャビネットからドッチファイルを取り出すと、馬場の戸籍謄本を指し示す。

「馬場様の戸籍をたどりますと、確かに明治時代から馬場という名字が使用されています。

一番古い明治十九年式の戸籍によると、戸主は馬場金之助《きんのすけ》。近隣の菩提寺《ぼだいじ》の過去帳を見る限り、農民のようです。豪農だったため菩提寺への寄付の記録が残っています」

馬場は戸籍謄本と風子の顔を交互に見つめ、口をすぼめた。

「しかし、馬場という名字を持っているではないか。これは武士だからこそで――」

「いいえ、公の場で名乗れなかっただけで、名字を自称している人はいました。この金之助も江戸末期に奉納した作物が馬場某《なにがし》のお褒《ほ》めに与《あずか》ったことから、それにあやかって馬場と名乗るようになり、明治時代に入ってからは堂々と馬場姓を使うようになったのです」

馬場のこめかみが小刻みに震えている。

「そ、そんなこと、どうして分かるんだ」

「寺に書付が残されています。『金之助が馬場と名乗って威張り散らすのが目に余る。住職から一言注意してくれないか』という村人の請願があったようです」

馬場の目が泳いだ。

「紅茶でもどうですか」

風子が勧めると、馬場は素直に紅茶に口をつけた。

「いや、失礼。豪農でもよいのですが。ただもう少し信玄公とゆかりのある家柄だとばかり思っていたもので。家紋も武田菱《たけだびし》ですし……」

馬場は背を丸めて、カップの中の紅茶を見つめている。

風子は馬場の戸籍謄本を手に取った。十枚にも満たない書類だ。数枚めくって、馬場に見せた。

「金之助は実子がおらず、久熊《ひさくま》という養子をとっているようです。久熊のほう、つまり馬場様と血縁のある一族をたどってみますか？」

「そんなことが可能なのですか？」

紅茶を飲む馬場の手が止まった。いぶかしげな視線を寄越《よこ》してくる。

「可能です。通常、直系尊属の戸籍謄本しか取得できません。ですが養子がいる場合は、養子の実親の戸籍謄本を取得できます。そこから血縁をたどっていけますよ」

「はあ……先生がそうおっしゃるなら、調べてもらいましょうか」

馬場は不満そうに口を尖《とが》らせている。だが表情は暗くない。内心、歴史上の有名人と血縁関係がある可能性に期待しているのだろう。

「なるほどなあ。戸籍はあくまで法律上の親子関係の記録だから、血縁とは別なんだな。血縁をたどるという考え方もあるか」

口元を緩ませた馬場は、膝をぱんと叩いた。

「しっかり頼むよ、先生」

先ほどまでの不機嫌が嘘《うそ》のように破顔している。立ち上がり、乱暴に傘をつかんで出て行った。

パタリと閉まるドアの音を聞き終えると、モップを手に取った。入り口付近は、客が落とした水滴で濡《ぬ》れていた。

胸の内にちりりと苦い気持ちが走る。

何百年も前の先祖が誰《だれ》かなんて、どうでもよいことのように思えた。手の届く範囲、せいぜい二代か三代前の先祖が分かれば十分だ。馬場のようにうんと昔まで先祖をたどれる人を、心のどこかで羨《うらや》んでいるのかもしれない。

先祖を探す探偵を始めたのは、自分の先祖を探す助けになるかもしれないと考えたからだ。思いついたのは二十六歳のときだった。ひとりきりの事務所を開くだけの資金はあった。高校を卒業してからずっと、興信所でアルバイトをしていた。余裕はないが貯金はしていた。

それからもう、五年が経《た》つ。

母との記憶だけが頼りだった。父が誰かも分からない。祖母も、祖父も、何も分からない。自分がどこから来たのか知りたかった。

窓際に置かれた水槽から、ぴちゃん、と音がした。オタマジャクシが水を打ったのだろう。最近脚が生えたのだ。

水槽を覗き込むと、オタマジャクシが必死に脚を使いながら、同じところをぐるぐる回っているのが見えた。

「ふふふ、君もまだまだだね」微笑《ほほえ》みが漏れた。

孤独もそう悪くない。寂しいのにも慣れている。

2

宮崎空港でレンタカーを借りて、海岸沿いを走り抜ける。梅雨《つゆ》の東京とは打って変わって、カラっとした陽気だ。空は青々と広がっている。もう夏の入り口だ。

二車線のみの細い車道の片側には山肌が迫り、もう片側には太平洋が広がっていた。海岸線の岩はのこぎりの歯のようにギザギザとささくれ立っている。このあたりでは「鬼の洗濯板」と呼ばれているらしい。フェニックスの木が風に揺れる。窓を開けると、潮の香りがつんとした。

早めの昼食を済ませるために、朝どれ魚の刺身を出す定食屋に車を止めた。

刺身盛り合わせに白米、タイのあら汁、ごぼうとニンジンの炊き合わせ、もずくと沢庵《たくあん》までついて七百五十円だ。

箸《はし》を刺身に向けてすぐ、イカの色に驚いた。透明感のある白だ。オパールのような輝きがある。箸で持ち上げると、向こう側が透けて見えた。

「イカ刺しは朝どれに限るっちゃが」

食堂のおばさんが口をふっと緩めて茶を置いた。

「時間が経つとイカはどんどん白くなる。朝どれですぐ食べるから、透明やとよ」

口に含むと、全く臭みがない。こりっとした食感が心地よい。

タイのあら汁からは生姜《しょうが》の香りがした。ごろごろ入っている身は、口の中で転がすだけでほっくりとほぐれて、旨味《うまみ》が広がった。

もずくで口直しをしてから炊き合わせに口をつける。南九州らしい甘めの醤油《しょうゆ》味でご飯が進んだ。

「お客さん、観光ですか」

食堂のおばさんが何気なく訊いた。一人でぼんやりと定食を食べるよそ者に、不審を抱いたのだろう。

「仕事なんです」

「へええ。こんな田舎まで大変やねえ」

「いえ、出張は楽しいですよ。色んなところに行けるし」

開け放たれている戸のほうから野良猫が入ってきて、「ナア」と大きく鳴いた。おばさんのふくらはぎに尻尾《しっぽ》を巻き付ける。刺身の味を覚えているのだろう。話はそれきりになった。

　昼過ぎに市役所に着いた。

　市民課で戸籍謄本の請求手続をし、謄本を手にしたあと、地域振興課に行くと、カウンターの近くに若い男性職員が立っていた。カウンターの奥を盗み見ると、中年の女が一人と、定年間際と思《おぼ》しき男が一人いるだけだ。

「あなたが黒木さんですか」

　若い職員に声をかけると、「えっ、はい」と答えた。半身を引き、いぶかしげに風子を見た。

　二十代後半か、三十代前半か、そのくらいの年齢だ。よく日焼けしていて身体が引き締まっている。依頼人の裕翔と雰囲気が近い。

　風子は名刺を差し出した。黒木から訪問を受けたことをきっかけに、裕翔が先祖探しを始めたことを話した。

「町おこしで、長寿者の表彰を行うらしいですね」

「ええ、はい。ですがこのことは他言無用でお願いしますよ」

　黒木は顔を近づけ、声を殺して言った。

「機密保持というほどのものではないですが。こんな田舎町です。誰かを表彰するという話が洩《も》れると、うちの爺《じい》さんも表彰してくれという人が出てきて、面倒なことになるのです」

「ははあ」風子は皮肉っぽい笑みを浮かべた。

「役所のかたも大変ですねえ」

「仕事ですから」

「いくら仕事といっても、この件で東京に出張までするものですか？」

「あなただって、この件で宮崎まで出張されているじゃないですか」

黒木はぴしゃりと言うと、取りつく島もなく、自席に戻っていった。

役所のソファに腰かけ、取得した戸籍謄本に視線を落とす。

明治四十三年生まれの甲斐三郎は、除籍されることなく戸籍に残っていた。

風子は手帳を開いて、家系図を書いた。親族関係を調べていると、人名が多く出てきて混乱することがある。その都度、家系図を書いて整理することにしていた。使い込んだ革の手帳は、手に馴染《なじ》んで、つやつやとした深いチョコレート色になっている。

戸籍上、三郎の子供は四人いる。

長男の茂《しげる》は成人してすぐ本籍地を東京へ移し、分籍している。依頼人の裕翔の祖父にあたる人物だ。下に三人妹がいるが、上の二人は幼くして亡くなっていた。流行《はや》り病か何かだろう。一番下の妹、幸枝《さちえ》は未婚のまま七十五歳で生涯を終えた。

「ん？　茂は三郎の実子ではないのか」

風子の口から独り言がこぼれた。戸籍をめくる手が止まる。

茂の父は戸籍上「不明」となっている。妹三人とは父違いの兄妹《きょうだい》ということだろうか。

そもそも、三郎は婿のようだ。「甲斐」は三郎の妻、トキ子の姓である。三郎は妻の戸籍に入った。「入夫婚姻《にゅうふこんいん》」と呼ばれる、当時としては珍しい形態だ。三郎の実父母の欄は「不明」と書かれていた。トキ子と入籍前の本籍地も不明だ。三郎の実家をたどるのは難しそうに思えた。

風子はひとまず、甲斐三郎の本籍地に向かうことにした。おそらく妻トキ子の実家、甲

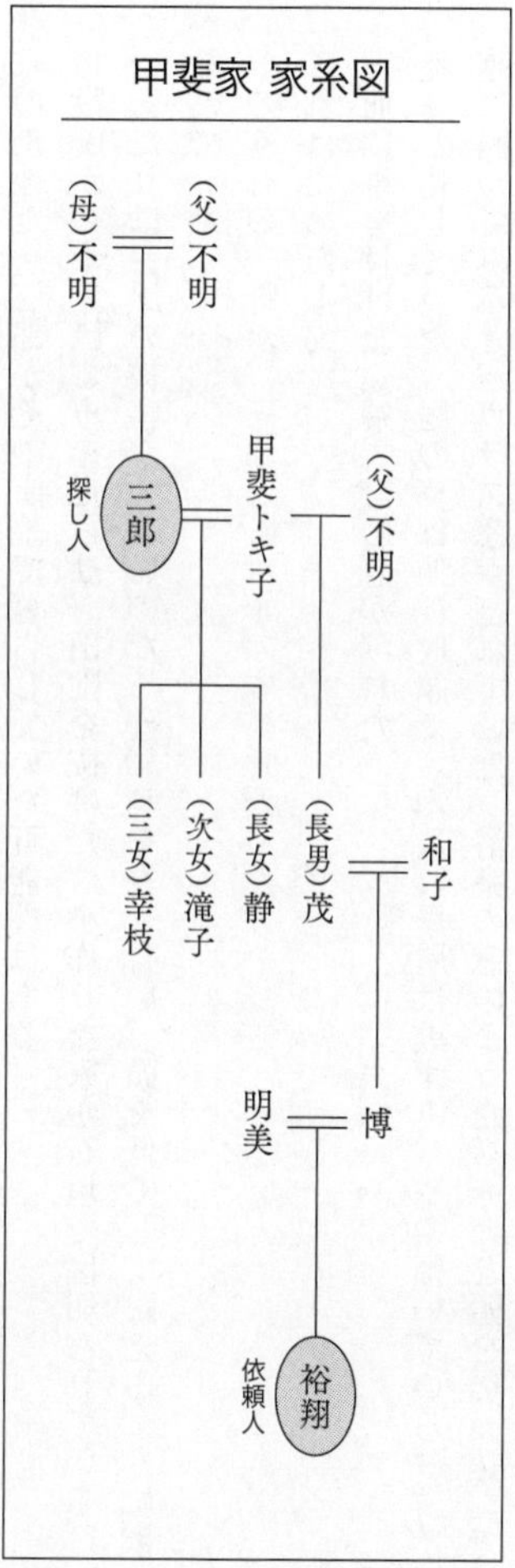

斐家の土地だ。三郎がその土地で暮らしていた可能性はある。

市役所から十分ほど車を走らせ、田園を抜けた。小作りな家が石垣で区切られている。このあたりは台風の被害が大きいのだろう。身を寄せ合い、頭を低くして耐えるように家が並んでいた。

そのうちの一軒が、三郎とトキ子の本籍地だった。

「これはだめだなあ」

正面に車を付けた途端、ため息が漏れた。

廃屋と化していた。庭の草は伸び放題で、木造の平屋は黒ずみ、やや傾いている。脇に回ってみると、ガラス窓が割れていた。浴室の窓のようだ。そっと頭を突っ込んでみたが、すぐに引っ込めた。

雨風を浴びた室内は酷《ひど》いものだった。古い浴槽《よくそう》の向こうに見えた洗面所は、タールを塗りたくったように、埃《ほこり》と泥で汚れていた。浴槽の脇にピンク色の洗面器が転がっていた。色あせて、端のほうはひび割れている。三郎の娘、幸枝が晩年に使っていたものかもしれない。

両脇の家も同じような廃屋だ。二軒隣の民家を訪ねてインターフォンを押すも、反応はない。時間がとまったような集落だ。

思えば、ここまで誰一人ともすれ違っていない。

十五分ほど近隣をうろつくと、やっと手押し車を押している老婆を見つけた。話しかけるも、耳が遠いようで相手にならない。

仕方なく風子は車へ戻った。車を出そうとすると、正面から軽トラックがやってきた。中年男性が運転席に見えた。風子が降りて近づいていくと男性が大声を出した。

「おうい、ここは一方通行やがね。あの車を出しちくれ」

「すぐに出しますが……甲斐三郎さんのことを探していて」

「三郎さん？　知らんよ。このあたりに甲斐って名前は多いからね」

中年男性は荒っぽく窓を閉めた。風子は車に戻ってバックで道をあけた。

舗装もされていない道をガタガタと走り去っていく軽トラックを見送った。

風子はひとまず、宿をとることにした。といってもこのあたりにホテルはない。観光地にもなっている鵜戸《うど》神宮《じんぐう》のほうへ戻って、近くの民宿に転がり込んだ。

五十がらみの女主人はテキパキと動き回り、夕食の膳《ぜん》を整えていった。茶を淹《い》れて飯をよそう。

「その厚焼玉子、美味《おい》しいですよ」

焼き魚の脇に厚焼玉子が盛られている。女主人の勧めのまま口に含んだ。

「えっ、プリンみたい」

風子の頬が緩んだ。

「美味しいですね」

卵焼きというには、滑らかすぎるほどだ。断面に卵の層は見えず、均一な黄色がつるつると輝いている。噛《か》むとわずかに弾力があり、上品な甘みが広がる。

「飫肥城《おびじょう》の城下町で作っている厚焼玉子なんです。昔は殿様に献上していたそうな。若い女性のかたは気に入ることが多くて、たくさん買って帰られますよ。夕方には売り切れますから、早めの時間に行ったほうがよいですけど」

女主人はにっこりと笑いかけ、腰を上げた。その背に声をかける。

「あの、少々おうかがいしたいのですが」

「なんでしょう」

戸籍謄本の一部を女主人に示した。甲斐三郎を探していると話すと、女主人は首を横に振った。

「三郎さん、というのは知らないですね。トキ子さん、うーん。あ、この幸枝さんっちゅうのは、サチエばあちゃんのことじゃないかねえ」

戸籍謄本を見下ろしていた女主人が顔を上げた。

しっかり化粧しているせいで、首から上だけ白く浮いている。眉はくっきりと、ひと昔前に流行ったアーチ状に描かれている。水商売というほどではないが、客あしらいを生業《なりわい》にしてきた女特有の雰囲気があった。

「このあたりはお盆の時期に、歌と踊りをするとですよ。初盆を迎えた家をまわって、庭で盆踊りをするの。その踊りの先生をサチエばあちゃんがしちょったわ。お母さんから習ったと言っちょったから、トキ子さんも踊り手だったはずですよ」

「歌と踊りの保存会のようなものがあるんでしょうか？」

「ええ、ありますよ。ちょっと面倒で私は入っていませんけど。うちの娘が小さい頃に社会科学習で体験していたわ。ええっと、たしか……娘の同級生の親御さんが、保存会のメンバーだったんかな」

繋《つな》いでくれないかと頭を下げると、女主人は手を叩いて笑った。

「なんねえ、もう、東京の人は大げさやね。このあたりじゃ、みーんな、人の縁だけで食っちょっちゃから、紹介くらい何てことないですよ。若い人が訪ねてきたら、保存会の爺さん婆《ばあ》さんもきっと喜ぶがね」

女主人はその晩のうちに、娘の同級生の親だという保存会のメンバーに電話をして、約束を取り付けた。

「日高《ひだか》さんってお家《うち》よ」

チラシの裏に簡単な地図を描《か》いて、その家の場所まで教えてくれた。

その夜は眠気がくるまで、縁側の籐《とう》椅子《いす》に腰かけていた。

外ではもう蟬《せみ》が鳴いている。縁側の隅で焚《た》かれた蚊取り線香の臭《にお》いが鼻をくすぐった。

気温は下がってきたが湿度はそのままだ。塩っぽい海風がどこからともなく吹いてくる。空には雲が出ているようで、月明りはない。蛍《ほたる》が飛んでいるのが見えそうな、真っ暗な田舎の夜だ。

風子は群馬県で幼少期を過ごした。蛍の名所は沢山あったが、見に行ったことはなかった。連れて行ってくれる人がいなかったからだ。

小学校にあがるまで、蛍はネス湖のネッシーのようなものだと思っていたくらいだ。清流に住む幻の生き物だ、と。物心ついたころから、サンタクロースはいないと知っていた。だから蛍もいないのだと思っていた。

学校の同級生たちが何を信じて、何を信じないのか、見当もつかなかった。下手に喋《しゃべ》って恥をかくのが嫌で、いつの間にか無口な子供になった。

じっと暗闇《くらやみ》に目を凝らす。粘ってみたが、結局蛍は見えなかった。

翌日、日高家を訪ねた。

日高家では九十五歳と七十歳の母娘《おやこ》が迎えてくれた。二人とも保存会のメンバーだという。

東京で買ってきたゼリーを差し出すと、七十歳のほう、久恵《ひさえ》があっと顔を明るくした。

「千疋屋《せんびきや》のフルーツゼリーやがね。テレビで見たことがあるわあ。食べちみたかったたっちやが」

九十五歳のミチは無言で身体を乗り出すと、さくらんぼのゼリーを一つつかんだ。座椅子に背中を預け、むっつりと食べ始めた。手のひらの上に火がともるように、鮮やかな赤い実が浮かんでいる。

久恵が古いアルバムを広げ、一枚の写真を指さした。

「この人じゃないかと思うとよ」

二十歳くらいの女性が、五歳くらいの女の子と手を繋いでいる。二人とも太い縞《しま》模様の浴衣《ゆかた》を雑に着ていた。写真の端にソテツの木が写りこんでいる。誰かの家の庭で撮ったもののように見えた。

若い女性は微笑みをたたえているが、幼い女の子のほうは女性にぶら下がるように腕を伸ばし、不満げに頬を膨らませている。ふくふくした頬に小さな目が埋もれているようで、愛らしい。

「このチビの女の子が、ミチばあちゃんよ」

座椅子でうたた寝を始めたミチの肩を軽く叩く。

九十五歳と聞いているが肌艶《はだつや》は良い。うつむいたことで顎の下の脂肪が寄って、段々になっている。昨日見た「鬼の洗濯板」を思い出した。

「それで、隣の綺麗《きれい》な女の人がトキ子さん。うちにもよう遊びに来てたわあ。優しいおばさんやったとよ。旦那《だんな》さんは陰気だけど良い人やった」

「お相手の写真はありますか？」

「旦那さんは歌をやっちょったから、盆踊りの時の写真があるはずですけど」

久恵は別のアルバムをめくり、手を止めた。

「ほら、これ。旦那さんとトキ子さん」

男女がすっと寄り添って立っている写真だ。

二人とも、同じ柄の浴衣を着ている。波の上を鶴《つる》が飛んでいる絵柄だ。その上に、市松《いちまつ》模様の帯を締めているのも同じだ。トキ子のほうは編笠《あみがさ》をかぶっている。

「これは盆踊りの衣装ね。この夫のほうが、お探しの甲斐三郎さんじゃないかと思うわ」

写真の中の三郎は、無骨な印象だった。鼻の横に大きなホクロがある。頬骨がせり出して、口は一文字に結んでいる。だがその視線は柔らかい。隣に立つ妻、トキ子の肩のあたりに視線を注いでいるように見えた。

「このお二人、三郎さんとトキ子さんは、もう鬼籍に入られていますよね？」

風子が尋ねると、久恵は笑った。

「そりゃそうよお。生きていたら百十歳とか、そのくらいやがね。かなり前に亡くなって、初盆の時はお庭で踊りましたわ。そのあと娘の幸枝さんも亡くなって、甲斐の家も誰もいなくなりました」

「長男の茂さんは東京に出られていますよね」

「ああ、茂さんね」

久恵が間髪入れずに言った。

昔の話をしているうちに、久恵の口はどんどん滑らかになっていた。

「もう本当に聞かん坊で、お父さんの三郎さんと喧嘩《けんか》ばっかりしてね。成人してすぐに勘当同然に家を飛び出したとよ。茂さんは元気やっちゃろか」

「茂さんも二十年ほど前に亡くなりました。ですがそのお孫さんはお元気です。東京でご家庭を築かれています」

風子は今回の依頼の内容をかいつまんで説明した。

久恵は背筋をしゃんと伸ばしたまま、しきりにうなずいて風子の話を聞いた。

「そうやったとね。でもそうやって、ご先祖様をたどってくれる孫までいて、甲斐家も安泰やねえ」

市役所の黒木から釘《くぎ》を刺されていたため、最高齢で表彰されそうになっていたという話は伏せていた。

「あんたも親孝行して、先祖を敬っていかんとね」

久恵は風子に笑顔を向けた。風子は曖昧《あいまい》に笑ってうなずいた。

「それができると良いんですけどねえ」

風子の漏らした言葉は、久恵の笑い声に掻《か》き消された。

「ははは、しかしこの、トキ子さんっつうのも恋多き女でねえ」

思い出したように、久恵がぼそりと言った。

「小さい頃に大人たちの噂《うわさ》話で聞いただけやけど。もともと甲斐家が選んだ許婚《いいなずけ》がいたとよ。なのに、隣の県から来た銀行員の男と結婚すると言い張ってね。結局、トキ子さんは押し切ってその男と結婚することになったっちゃけんど。結婚式前日に花婿《はなむこ》が逃げてしまったとよ。しかもそんとき、トキ子さんの腹の中には子供がいたんですよ。そうすると元の許婚のほうの話もなくなってしまって」

「それで生まれたのが、茂さんということですか？」

戸籍を見て、三郎と茂が実の親子でないことは知っていた。

「そうそう。茂さんは父《てて》なし児《ご》だったわけ。甲斐の家からトキ子さんごと勘当されなかっただけマシやけど」

「トキ子さんのご実家、甲斐家は由緒正しいお家なのですか？」

「しょせん、このあたりはみんな農民ですけどね。甲斐さんの家は、学がある人が多くって、集落の帳簿を付けたり、手紙を代筆したり、色々と頼りにされている一家だったみたい。トキ子さんも、大人しくしていれば良い嫁入り先があったとにねえ」

久恵はため息をついた。

「それで味噌《みそ》がついちまって、美人なのに嫁の行き先もなくてねえ。結局、結婚したのはその十年後だったらしいわ」

久恵は甲斐三郎の写真を指さした。

「結婚相手、この三郎さんも、言っちゃ悪いけど根無し草で、身元がはっきりしない人だったみたいよ。ここいらに流れついて、小さな田んぼを買って米を作っていたわね」

唐突に、ミチがしわがれた声を出した。

「トキトウエイタロウやな」

「トキトウさんだわ」

さらに声を張って繰り返した。

甲斐三郎の写真を指さしている。

「何言ってんのミチばあちゃん。これは三郎さんやがね。トキトウさんってのは、結婚式前日に逃げたほうの男よ」

「いいや、これはトキトウエイタロウじゃ」

ミチは憤慨《ふんがい》したように胸を張った。

「お前らは、なあにも分かっちょらん」

「もう。すみませんね。ミチばあちゃん、最近ボケてるんですよ」

久恵が呆《あき》れたように言った。

念のため、トキトウの漢字を尋ねた。ミチが身体を乗り出し、震える手でゆっくり、メモ紙に『時任榮太郎《ときとうえいたろう》』と書きつけた。

メモ紙をもらい、厚く礼を言ってから一家を辞した。

車に戻って、手帳を開き、家系図を再度見つめる。茂の実父の欄に『時任榮太郎』と書き込んだ。

依頼人の裕翔に電話を入れると、その日の夕方に折り返しがあった。

曽祖父の甲斐三郎は既に死亡していることと、本籍地には人の気配がないことを伝える。

「そうですか。きっと墓は残っているでしょう。僕も時間を探して、墓参りくらいは行かなきゃなあ」

三郎の死は予想していたのだろう。裕翔の声は落ち着いていた。

「そういえば、今日役所のかたから連絡があって。僕の戸籍謄本が欲しいということで、郵送したばかりだったのです」

「市役所の黒木さん？」

「そう、黒木さん。ですが、曽祖父がすでに亡くなっているなら、戸籍謄本を送る必要はなかったな。邑楽さん、この度は調査ありがとうございます」

「それでは、調査はこれで終了ということでよろしいでしょうか？」

風子の問いに、裕翔が押し黙った。電話越しに呼吸音だけ聞こえる。

「その……。うちの祖父の茂は、甲斐三郎と血のつながりはなかった。結婚式前日に逃げた時任榮太郎の息子だったわけですよね」

「そのようです」

「だから三郎と祖父は仲が悪かったのでしょうか。知らない男の子供ってわけですから」

裕翔は声を曇らせた。

「さあ、そこまでは分かりません」

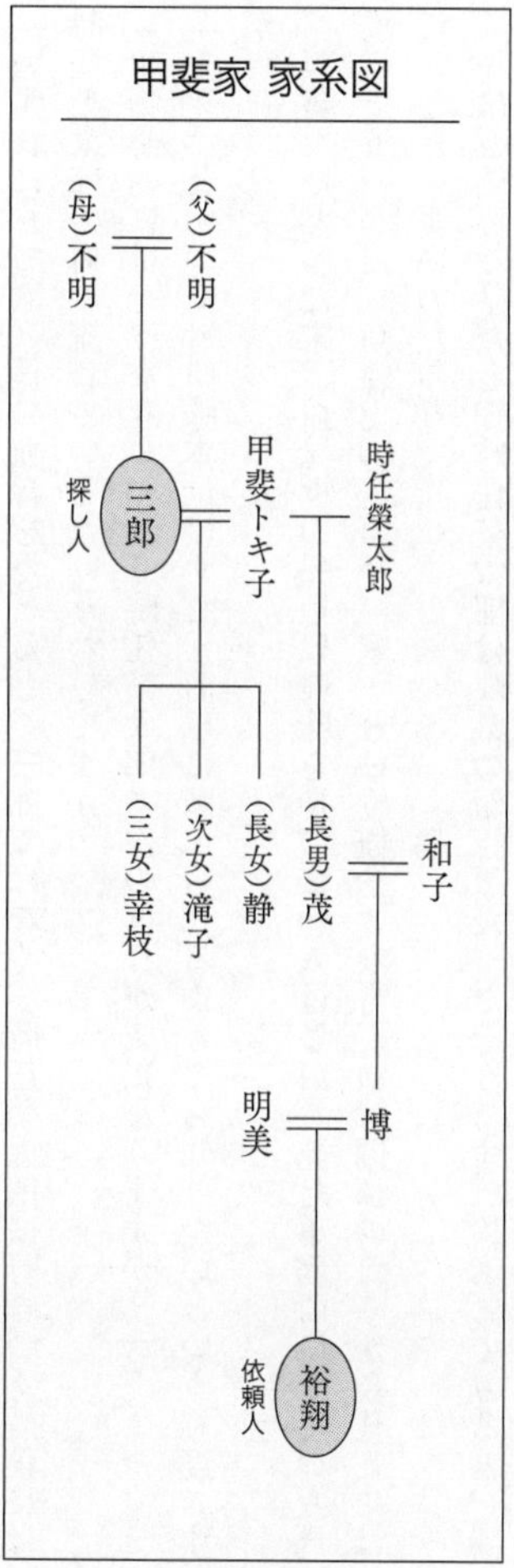

「いずれにしても、僕の血縁をたどると、三郎ではなく、時任榮太郎に行きつく。僕には時任榮太郎の血が流れているというわけですか」

「生物学的にはそうなりますね。時任榮太郎さんのほうが気になりますか？」

「ええ。といっても興味本位ですし、簡単に調べられるようなら知りたいという程度ですが」

戸籍をたどった末、血縁上の先祖に興味を持つ依頼人は多い。先日事務所に来ていた馬場もそうだった。戸籍上の先祖や「家」という概念よりも、血縁関係のほうが現代人にはピンときやすいのだろう。

「先ほど聞いた話だと、時任榮太郎は隣県の銀行員だったそうです。検索してみると、隣県の地方銀行の頭取の名前が時任栄作《えいさく》となっています。隣県に足を延ばせば、時任家については比較的簡単に分かるかもしれません」

一瞬、間があいた。電話口からゴトゴトン、ゴトゴトン、という音が聞こえた。そう遠くないところで電車が走っているらしい。人の話し声も聞こえる。少し離れていただけなのに、東京の雑踏がいかにも騒がしいものに思えた。

「それじゃ、時任榮太郎のほうも調べてみてもらえませんか。別にどうしてということもないですが、結婚式前日に逃げ出したなんて、気になるじゃないですか。僕が浮気性なのも、そのひいじいさんの血なのかな、なんて思ってしまって。ははは」

裕翔が並べ立てる言葉に風子は何も返さなかった。先祖を知りたい理由は人それぞれだ。単なる好奇心でという理由が一番多い。

「隣県まで車で数時間です。日帰りで行けますから、ついでに調べてみましょう」

裕翔はしきりに礼を言って、電話を切った。

宿に帰ると、女主人が嬉《うれ》しそうに出迎えた。

訪ねた日高家から早速電話があったらしい。

「風子さんが訪ねたあと、ミチばあさんが急に喋るようになったらしいですよ。昔のことを訊かれて、きっと嬉しかったたっちゃね」

座椅子で眠りかけていた老婆のミチにも若い頃があった。当たり前だが不思議な感じがした。帰り際にもらった写真のコピーをぼんやりと眺める。五歳の少女から九十五歳の老婆に一足飛びになったわけではない。そこには九十年分の時間の澪《おり》があり、ふとしたきっかけで蘇《よみがえ》るものもあるのだろう。

「時任さんって人ね、猟友会に参加していたみたいですよ。猪狩《いのししが》りに使う猟犬が迷子になったとき、隣県から観光に来ていた時任さんが偶然に猟犬を発見したんやって。それが縁となって、時任さんは度々集落を訪ねて猪狩りに参加するようになった。そのうちにトキ子さんと知り合って恋仲になったたっちゃって。全部ミチばあさん情報やけど。ミチばあさんも、昔のことをよく覚えちょりますよねえ」

女主人は「ほほほ」と笑うと、夕膳の支度に戻っていった。

3

翌日、車で隣県に向かった。時任家にはすぐにたどり着いた。

時任家が頭取を務める銀行の周辺で聞き込みをしたら、誰もが知る一家だった。

郷土史家と名乗って時任家を訪ねると、嫁に来たばかりだという二十代前半の女性が出迎えた。一旦《いったん》奥にひいて姑《しゅうとめ》の許可をもらい、大きな桐箱《きりばこ》を抱えてやってきた。その中から真新しい巻物を一本取り出して広げる。

「時任家の家系図でございます」

見ると、墨の色は黒々としている。

「これは……最近ご作成されたのですか？」

風子が問うと、女は声を低めた。

「ええ、舅《しゅうと》がうるさくて。近くの大学の先生にお願いして、蔵にある過去帳をまとめてもらったらしいのです」

過去帳にも「時任榮太郎」の名前があった。家族写真を数枚見せてもらう。

眉が太く目鼻立ちのはっきりとした男だ。意志が強そうな印象で、結婚式前日に逃亡するような男には見えなかった。朴訥《ぼくとつ》とした雰囲気の甲斐三郎と比べると、ずいぶん威厳のある出《い》で立《た》ちだ。

「榮太郎さんは、週末に猟をするようなことは？」

「あるわけないでしょう」

語気の荒い声が隣からした。

いつの間にか、姑らしき中年女性が隣に座っていた。

「我が家の蔵には昔のものがたくさん眠っていますが、猟銃や銃保持の免許状なんて目にしたことがありません。だいたい、我が家はずっと商家で、血なまぐさいものとは無縁ですよ」

姑は桐箱の底のほうからいくつかの証書を取り出した。

大学の修了証書のようだった。

「榮太郎は旧制一高に通い、帝国大学で政治を学んでいたのですよ。帰郷してからは金融業を興し、地域経済の発展に貢献したのです」

姑はくっと顎を上げて風子を見た。先祖探しをしているとよく見る目だ。先祖と自分を混同しているのだ。

「時任榮太郎さんの戸籍をとってみても宜《よろ》しいでしょうか」

怒られるのを承知で訊いたが、姑はあっさりと答えた。

「いいですよ。せっかくですし、とった戸籍はうちにも送ってください」

委任状に記入してもらい、丁寧に礼を言って時任家を辞した。

その足で近隣の役所に入り、時任榮太郎の戸籍を申請した。時任榮太郎の本籍地は不明だったが、あてずっぽうに時任家の現住所を本籍地として申請すると、これが当たりだったらしい。榮太郎の戸籍謄本はスムーズに出てきた。

戸籍謄本によると、榮太郎は結婚していた。トキ子と榮太郎の婚約より三年前のことだ。

つまり、こういうことだろうか。

既婚者の榮太郎が、旅行先で女を作った。独身のふりをしていたが、婚約、結婚式とまで話が進んだ末、直前で逃げ出した。不始末は隠し通したため、時任家では事情を知る者がいない。

あるいは当時の時任家でも、事情を承知していたかもしれない。だが、そんな不始末を記録して後世に残すこともあるまい。

トキ子は隣県の銀行を訪ねて榮太郎を探すことができたはずだ。榮太郎には家庭があることを知る。妻帯者の子供を身ごもった以上、知らないふりをされるかもしれない。腹の中の子供が男児だったら、養子にとられてしまう可能性もある。騒ぎを起こさずに、そっと身を引いたのだろう。

裕翔にどう説明しようかと思案しながら、風子は車に乗り込んだ。

憶測ばかりで、報告できることが少ない。時任榮太郎の戸籍謄本や写真は手に入れた。

榮太郎については、地元の資料館に行けば、その功績や半生が明らかになるだろう。だが、トキ子との接点や関係については、記録が残っているとも思えない。

トキ子との出会いは猟友会だった。猟友会の記録に残っていやしないか。日南市へ戻って調べる必要がある。

風子は車のエンジンをかけた。


日南市に着いたときには夕方近くになっていた。

すぐに近隣の歴史博物館に駆け込んだ。

展示室の脇にある郷土資料コーナーで、郷土史を閲覧する。盆踊りの項目を見れば、トキ子たちが暮らした当時の集落名が分かった。さらに探していくと、その記事を見つけた。

猟友会で「時任榮太郎」が表彰されている。迷子の猟犬を救出したということだった。

文章を読みながら頁《ページ》をめくると、表彰状を持ってはにかむ榮太郎の顔が大写しになっている。

風子の目は、その写真に釘づけになった。

榮太郎の鼻の横には大きなホクロがある。

鞄《かばん》の中から、甲斐三郎の写真を取り出して見比べた。

同じ場所にホクロがある。年齢を重ねて顔が険しくなっている。榮太郎の写真は二十代前半くらいで、お坊ちゃん風のぼんやりとした顔だ。三郎のほうは、農民らしい荒々しさがある。ホクロが同じところにあるとはいえ、印象がかなり違う。こうやって写真を見比べない限り分からなかったかもしれない。

時任家でコピーさせてもらった「時任榮太郎」の写真と見比べる。こちらとは別人だ。目鼻立ちや骨格からして異なる。

歴史博物館の閉館を告げる音楽が流れ始めた。腕時計を見ると午後四時二十分だ。

風子は車に戻って市役所へと向かった。

市民課のカウンターで時任家からの委任状を差し出す。

「時任榮太郎というかたの戸籍をとりたいのですが」

同姓同名、別人の「時任榮太郎」が登録されているかもしれない。可能性は低いが、確認しておきたかった。

中年女性が面倒そうに腰を上げた。

「本籍地は？」

「分かりません」

「それじゃ、見つけられませんよ」

「この辺りは人口もそういないでしょう。明治後期の戸籍をめくってもらえれば分かるはずです」

中年女性は「はあ」と声を漏らした。

「見てみますけど、期待しないでください」

そう言って奥へ引っ込んだ。

期待はしていなかった。むしろ戸籍はないだろう。

十五分ほど経って、中年女性が戻ってきた。

「ありませんよ」

そっけなく言った。

「なるほど、ありがとうございます」

風子は満足だった。甲斐家で起きた出来事の全体像をつかんだ気がした。

地域振興課のカウンターの中を覗くと、定年間際と思しき男性職員がいるだけだ。

「あの、黒木さんは？　先日までこちらの地域振興課にいらっしゃった」

「ああ黒木君ね。辞めましたよ。昨日が最終出勤日でした。福岡の専門商社に転職するみたいです。よくそんな転職先を見つけたなって、みんな驚いていますよ」

風子の首の下に汗が一筋伝った。

「それでは、町おこしのために最高齢の男性を表彰するというのは？」

「なんですかそれは」

男性職員はいぶかしげに風子を見返した。

「そんな町おこし、やっていませんよ」

4

黒木が事務所にやってきたのは三日後だった。裕翔にも同席してもらっている。康平が置いていった紅茶のポットを挟んで向かい合った。

窓の外からは、ぽつぽつと雨の降る音が聞こえる。

「すみません、黒木さん。先日お渡しした戸籍謄本が古いものだったみたいで。ちょうど黒木さんが東京にいらっしゃるタイミングで良かった」

裕翔がにこやかに笑いかけ、鞄から茶封筒を取り出した。

「古い戸籍謄本はお持ちいただけましたか？」

風子が尋ねると、黒木はクリアファイルを取り出した。裕翔はそれを受け取ると、茶封筒と一緒に鞄にしまった。

「えっと。新しい戸籍謄本は？」黒木は困惑した様子だ。

「そんなものはありません」

風子が割って入った。

「黒木さん、あなた、市役所を辞めたんですってね。福岡の大きな会社に転職されたとか」

風子の出方をうかがうように、黒木は黙ったまま瞳《ひとみ》を左右に揺らした。

「市役所で転職先をうかがいました。適当な理由を付けて転職先に尋ねてみると、予想は当たっていました。『甲斐裕翔』さんが、来月から勤務する予定だそうですね」

黒木は一瞬目を見開いて風子を見たが、すぐに視線をそらした。

「なんのことでしょう」

風子はじっと黒木を見つめた。

「地域振興課の業務で戸籍を調べたときに、甲斐三郎さんの幽霊戸籍を見つけたのでしょう。東京で転職活動をしていたあなたは、ちょっとした興味本位で、三郎さんの息子、茂さんの転出先住所を訪ねてみた。すると、今は孫夫婦が住んでいる。孫はちょうど同じくらいの年齢で、同じくらいの年恰好《としかっこう》。しかも名門大学を出て、東京の総合商社に勤めている。転職にうってつけの経歴です」

風子は裕翔のほうへ視線を遣《や》り、また黒木へ戻した。

「転職活動が上手《うま》くいってなかったあなたは、裕翔さんのふりをして転職活動をしてみると、あっさりと合格してしまった。そうするともう、あと戻りできなくなった。甲斐三郎さん探しを口実に裕翔さんから公的書類を受け取り、転職先への身分証明書として提出した」

「そんな面倒なこと、誰がするんですか。裕翔さんとの接点は全くない。経歴だって知らない」

黒木の声は震えていた。

「裕翔さんは三代にわたって今の自宅で暮らしている。近隣住民はみな顔見知りです。近所の人にちょっと聞けば、名前と経歴の概略くらいは分かるでしょう。しかも今はSNSがあります。転職用の交流サイトで、裕翔さんは自身の学歴と職歴を公開していました。それを丸写しすれば、履歴書は完成します」

「でたらめだ。でたらめなことを言うな」

黒木が声を張り上げた。

「でたらめではありません。高齢者表彰の町おこしなんて実施されていない。市役所で確認が取れています」

風子が淡々と言った。

裕翔が身体を前傾させて、膝の上で手を組んだ。

「黒木さん、僕は怒っていませんよ」

子供に言い聞かせるような優しい声だった。

「ただ心配しているんです。あなたは戸籍や住民票といった公的手続に詳しいから、形式上は僕になり替わることはできるかもしれない。けれども、中身は違うでしょう。僕のふりをして会社に入っても上手くいきませんよ。書類は返してもらったから、これ以上は別にもういいです。お引き取りください」

黒木は何も言わずに自分の鞄をつかんだ。勢いよく立ち上がり、むっつりと一礼した。彼なりの意地だろう。

何も言わず、事務所を後にした。

黒木の足音が遠ざかるのを待って、裕翔が「ふう」と息を吐いた。

風子は紅茶のポットを手に取り、裕翔のカップに注《つ》いだ。今日はニルギリの日だった。爽《さわ》やかで優しい香りが鼻を抜ける。二人は無言で紅茶に口をつけた。温かいもので喉がほぐれていく。舌の上にはほんの少し渋みが残った。

「災難でしたね」

「いえ、邑楽さんが気づいてくれてよかった」

裕翔が紅茶のカップを置いた。

「しかし、どうして分かったのですか？　転職先に問い合わせれば分かる話ですが、問い合わせようと思い立ったのがすごいです」

「ああ、それは」

風子は苦笑した。

「あなたのひいおじい様が同じようなことをしていたからですよ」

風子は資料を取り出した。

三郎の写真のコピーを並べる。

「ひいおじい様、三郎の身元はハッキリしません。どこからともなく、宮崎県日南市にたどり着いた。その際に『時任榮太郎』という偽名を名乗っています。おそらく過去に見聞きしたなかで一番立派な人物だったのでしょう。のちに妻となるトキ子さんともその時期に出会い、結婚話にまで発展した。だが身分を偽っていた三郎は、真実を告白する勇気がなかった。結婚式前日に逃亡したのです」

裕翔は硬い表情のまま聞いている。三郎の写真をじっと見つめていた。

一枚は若き日の三郎。「時任榮太郎」を名乗っていた頃のものだ。

もう一枚は、年月を重ねた三郎。盆踊りの衣装を着て、トキ子と寄り添っている。

「ですが、十年後に三郎は戻ってきます。その間に何があったか分かりません。改めて本名を名乗り、トキ子さんと夫婦になった。三郎さんは、裕翔さんの戸籍上の曽祖父でもあり、血縁上の曽祖父でもあります」

　裕翔は黙って聞いていた。

　数秒固まっていたが、小さくうなずくと、顔を上げてはにかんだ。

「なあんだ。浮気性は曽祖父ゆずりかと思ったけど、違うんですね」

　風子は、日高家から送ってもらった盆踊りの写真を数枚並べた。集落の者に囲まれた三郎は自然な笑みを浮かべている。

「むしろ一途《いちず》な男だったようです。帰ってきた三郎を、集落の人も最初は遠巻きにしていた。だが十年越しにトキ子と一緒になろうというのであれば、それは認めてあげようと。名前や身分を偽っていたことは不問に付すことにしたそうです」

　風子の訪問をきっかけに、ミチの記憶が喚起されたのだろう。意識がはっきりして、昔の話をすることが増えたらしい。その内容の一部を娘の久恵を通じて聞いていた。

　裕翔はしみじみと言った。

「だけど、曽祖父と曽祖母が結ばれて幸せだったなら、何よりです。知ることができて良かった。邑楽さん、ありがとうございます」

　三郎の本籍地、三郎が生活していたであろう家屋の荒れ果てた様子について風子はあえて伝えなかった。時間の経過とともに形は失われていく。けれども、先人たちが過ごしてきた時間は誰にも奪えない。

「邑楽さん、無表情だから、最初は怒ってるのかと思ったんですよ」

「えっ、そうですか？」

驚いて、裕翔を見つめ返す。口をぽかんとあけた表情が間抜けに映ったのかもしれない。

裕翔は悪戯《いたずら》っぽく笑った。

「話してみると、そんなことないんですけどね」

含み笑いをしながら紅茶を飲み干し、丁寧に頭を下げて帰っていった。

窓の外を見ると、雨はもう上がっていた。

しばらくして康平が事務所に顔を出した。ポットを下げて、新しい皿をテーブルの上に置く。

「頼んでないけど、もらっていいの」

「バナナの揚げ物だ。この前、言ってたろ。お母さんがよく作ってくれたって。再現してみたんだ」

爪楊枝《つまようじ》でバナナを刺して口に含むと、濃厚なバナナの味が広がった。外側はさくっとしているが、中は甘くて柔らかい。悪くなる一歩手前、一番美味しい時期のバナナを使っているらしい。

「バナナってどうやって食べても美味しいね」風子は独り言のように言った。

母が作ってくれたものは、もう少しあっさりした味だったような気もする。

脳裏に母の背中が浮かんだ。夕日が差し込むアパートで、背を丸めて洗濯物を畳んでいた。母とは夕方だけ会えた。当時はその理由が分からなかった。だが今考えると、母は朝から働き、夜も働いていたのだろう。だから夕方しか会えなかった。

「あっ、そうだ」

風子は和室に一旦戻り、康平に紙包みを差し出した。

「これ、飫肥城下の厚焼玉子。美味しかったから、お土産に」

「悪いな」

康平は紙包みを広げた。

「綺麗な黄色だな。つやつやしてる」

先ほどまでバナナを刺していた爪楊枝で切って、厚焼玉子を口に入れた。

「うまっ」

康平は頬に片手をあて、相好を崩した。

「オジサンが喜ぶ味かねえ」

「俺《おれ》は甘党なんだ」

風子も爪楊枝で厚焼玉子を食べた。優しい甘さが口に広がる。緩く噛んで飲み込むと、するりと喉を通る感触が心地よい。

「お母さんをまだ探しているのか？」

康平が遠慮がちに訊いた。

「まあねえ。ずっと探しているよ」

頭の後ろで手を組んで、上を見上げた。

「全然見つからないけどね。ははは」

自分の中でわだかまっていることも、人に話すときには軽い調子になってしまう。笑って済ませるしかないときもあるのだ。

背に体重をかけ、ぐっと背伸びをする。ソファの前のほうが浮き上がり、ぐらぐらと揺れた。慣れたもので、表情ひとつ変えずに姿勢を持ち直す。中古家具屋で買い求めたおんぼろソファだ。表面の革だけ綺麗に貼《は》りなおしてあるが、建付けが微妙に悪い。

「そのソファ、どうにかならないの？」

康平が呆れたように言った。

「クライアントはそっちに座ってもらうし。これは私が座る椅子だから、ボロでも別にいいわけだよ」

康平は顔をしかめ、口を開きかけたが、事務所の戸を叩く音に遮られた。

「はあい」

風子が声を出すと、ゆっくり戸が開いた。

先ほど帰ったはずの裕翔が立っていた。

「お取込み中にすみません。傘立てに傘を忘れて行ってしまって。すっかり晴れたものだから」

裕翔はテーブルの上をじっと見た。バナナの揚げ物と、厚焼玉子が気になるのだろう。

「召し上がります？」

風子が勧めると、裕翔は首を横に振った。

「甘いもの、苦手なんです。でも懐かしいなと思って。そのバナナの揚げ物、ブラジル料理でしょ」

「ブラジル料理？」

「たぶんそうですよ。僕、仕事でブラジルに赴任していたとき、よく出てきましたよ。残すわけにもいかず、無理に食べていたなあ」

帰っていく裕翔の背を風子はぼんやり見つめていた。

康平がテーブルの上を片付け始めている。

「ああそうだ、留守中に、あの面倒なオジサンがまた来ていたよ」

「馬場さん？」

「そういう名前だったかな。灰色のフィッシングベストを着た中年男性」

「馬場さんだな、それは。武田信玄の重臣、馬場信春の子孫だと主張している人なのよ。信玄ファンは多いからねえ。同じような調査依頼をこれまで二十件は受けてるよ」

風子は書類の山を漁《あさ》った。郵便受けから取り出して、置きっぱなしにしていたものだ。馬場の血縁関係をたどる戸籍謄本を取り寄せていた。

封筒を開け、戸籍謄本を確認する。

馬場の先祖、久熊は養子だ。実父をたどると、実父も他家から養子にきている。久熊の実父の実父、つまり実祖父の名前は「武田信昭《のぶあき》」となっていた。

「まさか馬場さん……大アタリかもしれない」

大喜びする馬場の様子が浮かび、ため息が漏れた。

第二話　棄児戸籍と夏休みの宿題

1

七月下旬、ヒグラシがうるさく鳴く日だった。朝からぐんぐん気温が上がった。へび道ではあちらこちらで打ち水をしたが、みるみるうちに水分がとんで、からっからな路地に戻った。

台所の出窓に下げた風鈴は、ちり、とも音を立てない。すべての生き物の動きがとまったような、風のない日だった。

太田《おおた》親子が訪ねてきたのは午後二時だった。厳しい照り返しにさらされて、二人とも額に汗がにじんでいた。

母親は四十代半ばくらい。名前は萌《もえ》と聞いていた。ベージュのシャツワンピースを着て、小さなハンドバッグと大きな帽子を手に持っていた。ぽっちゃりとした色白の女で、人のよさそうな丸い顔をしている。黒目がちな目をきょときょとさせていた。

娘のほうは、首が太くてがっちりした身体《からだ》つきだ。セーラー服ふうの白いワンピースを着ている。中学生くらいに見えた。年齢を訊《き》くと、十三だという。萌とは全然似ていなかった。丸顔だけは共通しているが、目元が全く違う。彫刻刀で切り込みを入れたような細い一重で、吊《つ》り上がっている。目の奥からは気の強さと自信のなさが交互に見え隠れするような印象だ。

娘は風呂敷《ふろしき》包みを下げていた。薄紫色のアジサイ柄が美しい正絹のものだ。包みをほどくと、鶴屋吉信《つるやよしのぶ》の金魚ようかんの箱が出てきた。

ようかんの箱を無言で差し出す娘の脇《わき》で、萌が言った。

「太田です。娘の瑠衣《るい》のことで、ご相談にあがりました」

二人をソファに案内し、アイスのアールグレイティーを出した。一階の喫茶店「マールボロ」から取っておいたものだ。口をつけずとも、ベルガモットの爽《さわ》やかな香りが鼻を抜けた。

「瑠衣ちゃん、ミルクや砂糖はいらない？」

「ストレートで結構です」

瑠衣はいやに大人びた口調で答えた。声は低いアルトで、少しかすれていた。

「私はミルクいただけますか」

萌が風子に気を遣うように言った。ミルクをかき混ぜて一口飲んだ。

「わあ、おいしい。こんなに香りが出るんですね」

頬《ほお》をゆるめる萌を、瑠衣は横目でにらんだ。

「本日は、どのようなご用件で？」

コーヒーテーブルの隅の小箱から、ノートパッドとボールペンを取り出した。「太田」と名乗る女性から電話があったのは、先週末のことだった。その際も、「娘のことで相談がある」とだけ告げられていた。

「それがですね、このようなお願いをするのも恐縮なのですが」

萌は悩ましそうに、眉間《みけん》に皺《しわ》を寄せた。瑠衣は口ごもる萌を一瞥《いちべつ》した。

「私の夏休みの課題を手伝って欲しいの。いいでしょ？」

あごを少し上げて、風子の目をじっと見ている。逃げも隠れもしない、恥ずかしくもないと主張するようだ。

「夏休みの課題、ですか？」

「うん、そう」

瑠衣はアイスティーを手に取り、一気に半分まで飲んだ。

「家族史を調べて発表するの。お嬢様学校だから、立派なお家《うち》の子が多くって。医者とか弁護士とかもうじゃうじゃいるけど、そんなのは下のほうよ。代々外交官をやってるお家の子もいるし、政治家の子もいるし。大きい会社の創業一家みたいな子もいる。うちも裕福だけどパパは水商売なんだ。キャバクラとかクラブとか、そういうの。風俗もしてるんだっけ」

瑠衣は表情を変えずに言った。萌は諦《あきら》めたように黙っている。

「中学に入ってまだ一学期だから、はっきりとはグループ分けできてないし、カーストみたいなのもまだ固まってないんだけどさ。でもだからこそ、いま大事な時期なんだ。パパの仕事のことを発表しても、友達にドン引きされるだけでしょ。ご先祖様を調べて、すごい人がいたら、そっちを発表しようと思うの」

「はあ、なるほど」

呆気《あっけ》にとられながら、風子は相づちを打った。

自分の家柄を確かめたいという依頼はよくある。ほとんどが自己満足の範囲を出ないものだ。先祖や家柄を調べたところで、実生活に役立つことはまずないからだ。けれども、中学生女子の間のつばぜり合いなら別なのだろう。親の職業の貴賤《きせん》で、なんとなくランク付けが変わってくるのも想像ができた。

「それで、太田様の先祖をたどって、調べて欲しいということでしょうか」

「うん。そうなの」

「でも瑠衣ちゃん」

風子は瑠衣の顔をじっと見た。

「学校の課題なんでしょ。自分でやらなきゃ意味がないよ。自分で調べてみたらどう？」

「プロに頼んだほうが早いじゃん」

瑠衣はあっさりと言った。

「先生、すみません」

萌が苦い顔をしている。

「私もそう言ったのですけど、この子が聞かないのです。うちの夫も娘に甘いから、必要なら金は出すと言い始めて」

「全部自分でやる必要はないって、パパは言ってた。頭がよくなる必要も頑張る必要もない。必要なときに、必要なプロに頼れる力が大事。それがビジネスの掟《おきて》なんだって。私も将来は自分の会社をつくりたいの」

「ほんと、すみません。こんな感じで、一度言い出すと聞かないんです。ただせめて、実際の調査や作業はこの子にさせようと思います。邑楽《おうら》さんはやり方のアドバイスだけしていただけないでしょうか」

「アドバイスは可能ですけど……」

書類を作ったり、資料を調べたりといった作業は一人でもできるだろう。だが現地に出向いて調査することも多い。泊まりがけになることもある。地元の人とのやり取りを、中学生が適切に行えるとも思えない。失礼な態度をとったり無理なお願いをしたりして、地元の人に迷惑をかけかねない。

その点を説明すると、瑠衣は案外素直に聞いていた。一度、二度、まばたきをして口を開いた。

「分かった。じゃあ、邑楽さんも一緒に行こう。傍《そば》について、アドバイスとか指導だけしてよ」

「ちょっと瑠衣、そういう言い方は失礼よ」

「いいんですよ、お気になさらず。お母さまも一緒にいらっしゃいますか？」

「いえ……。私は、高齢の姑《しゅうとめ》の世話もありますので、なかなか家を離れられなくて」

萌はバッグからハンカチを取り出して、額の汗を拭《ふ》いた。

なんとなく、太田家の親子関係が見えてきた。我の強い娘と、娘に甘い父。娘に頭を悩ませながらも放置気味の母。そんな母を娘はやや見下している。

「一緒に調査するぶんには構いませんが、結構地道な作業になります。大丈夫ですか」

二人の顔を交互に見ながら訊いた。萌が何か言う前に、瑠衣が口を開いた。

「うちは大丈夫。夏休み、暇だし」

うち、というのが、瑠衣の一人称だと気づくのに数秒かかった。

胸の内に懐かしい感慨が広がった。「瑠衣は」と自分の名前で話すほど幼くない。けれども「私は」というのは大人ぶっていて気持ちが悪い。

そんな時期が、風子にも確かにあった。風子の場合、自分を何と呼んでいいか分からず、無口に拍車がかかっただけだったが。大人になって、仕事では自然と話せることに驚いたくらいだ。世間話が苦手なのだと気づくのに、十年以上かかった。

「先祖をたどるといっても、方針を決めておいたほうがよいです。まずは戸籍を取って、戸籍でたどれるところまで、たどっていきます。一番古くて、明治十九年式の戸籍まで取れるので、瑠衣ちゃんからだと最大で八世代分くらいかな。ただ、父母にはそれぞれに父母がいて、その父母にも父母がいて、という感じに連なっているので、八世代遡《さかのぼ》ると、二五六通りの遡り方がある。もちろん、二五六通の戸籍を取ることも理論上は可能だけど、ある程度あたりをつけたほうがいい。先祖にすごい人がいたら、ということでしたが、何か言い伝えられていることはありますか？」

瑠衣は首をかしげて、萌を見た。

「私の先祖は代々農家だと聞いています。夫の家は大阪で商売をしていたみたいです。夫の祖父や祖母は八百屋だったとか」

「農家と八百屋かあ。すごい人、全然いなさそうじゃん。でも、調べるとしたら八百屋かなあ。パパのパパのパパの……って感じで先祖をたどろうかな」

父方を選ぶだろう、と颯子は予想していた。母親のことは若干見下しつつ、父親のことは尊敬している様子だからだ。

「分かりました。では男系をとって、たどっていきましょう」

「でもさ、なんか変だよね。これ。同じくらい血のつながった二五六人の先祖がいるんだよね。そのうちの一人だけを取り出して、先祖面させるって、なんか変」

瑠衣は自分で言って面白かったらしく、ふふふ、と笑った。

「天皇だって、そういうものよ。千五百年くらいずっと男系子孫をたどって『この人が天皇です』って言っているんだから。大昔の天皇と血のつながっている日本人って、実は沢山いるのよ。別にその人が天皇になれるわけじゃないけどね」

風子の説明を聞いて、瑠衣は意外そうに目を丸めた。

「それ、ほんと？　天皇と血がつながっているとか、すごいじゃん」

子供らしい反応につられて、風子の頬もゆるんだ。

「わりとよくあることなのよ。きっちり調べる必要があるけどね」

先祖をたどるには、まず戸籍を取る必要がある。瑠衣の父の本籍地は大阪府だという。戸籍請求の手続きをとるよう伝えると、瑠衣はＢ５サイズのノートを取り出して律儀にメモを取った。

「もし、パパのパパのパパの……って先祖をたどって、何も出てこなかったら、今度はパパのママのパパとか、パパのママのママとか、たどることもできる？」

瑠衣が風子の目をじっと見て訊いた。

「もちろんできるけど。闇雲《やみくも》に調べると効率が悪いわよ」

「ふうん、そっか……」

瑠衣は軽く口を尖《とが》らせた。

戸籍が取れたら事務所を再訪するよう依頼し、その日は散会となった。

「ところで、どうしてこの事務所を知ったのですか？」

太田親子の帰り際、風子は尋ねた。「先祖の探し方」などとインターネットで検索して、風子の探偵事務所を見つける人が大半だ。先祖探しのプロが存在するなんて、普通は知らないからだ。だが今回の場合、プロがいると最初から知っていないと、「プロに課題を手伝ってもらおう」などとは思いつかないような気がした。

「夫の友人から話を聞いていたのですよ。馬場さんというかたで、夫の釣り仲間なんです」

大きな帽子を手に取りながら、萌が答えた。

風子は驚いて、思わず萌の顔をじっと見た。

馬場というのは、数か月前に調査を担当した依頼人だ。武田信玄の重臣、馬場信春との縁をたぐりたいようだった。調査の結果、馬場信春とのつながりは見えなかったものの、武田家とのつながりが判明した。それ以上の事実は明らかにならなかったが、依頼人の馬場は満足げな様子だった。

「もう、大喜びで、釣り仲間に自慢していたらしいですよ。武田菱《たけだびし》がプリントされたラバーグリップをオーダーメイドして、釣り竿《ざお》に巻いているんですって。これが俺《おれ》の刀だ、って感じなんでしょうねえ」

大事そうに釣り竿を抱える馬場の姿が脳裏に浮かんだ。いつも着ている灰色のフィッシングベストにも武田菱の刺しゅうを入れかねない。

「馬場さんですね。喜んでもらえてよかったです」

風子は呆《あき》れたように微笑《ほほえ》んだ。

馬場はこだわりが強くて面倒な顧客だった。そのぶん、依頼を遂行した際の喜びようもすごかった。風子自身、他人からの感謝や称賛には無頓着《むとんちゃく》なほうだ。けれども、無邪気に喜ぶ人の姿には心がほぐれた。

「馬場さん、辛口な人だから。その馬場さんが勧めるなら本物だろうって、主人が言っていましたよ」

太田親子は一礼をして帰っていった。

ふたたび瑠衣がやって来たのは、二週間後のことだった。

デニムのショートパンツに英字の書かれたタンクトップを着ている。萌が一緒だったときと比べると、かなりカジュアルな服装だ。

「戸籍、取れたよ」

瑠衣は茶封筒を差し出した。

中にはきちんとクリアファイルが入っていて、戸籍が新しいほうから順番に並べられていた。

「ひい爺《じい》ちゃんの代で、大阪に来たみたい」

瑠衣の言葉通り、瑠衣の曽祖父《そうそふ》である「太田六郎《ろくろう》」の代で本籍地が変わっている。それより前の本籍地は「愛知県北設楽《したら》郡名倉《なぐら》村」となっていた。

本棚から地名辞典を抜き取り、広げる。名倉村というのは旧名で、現在は「設楽町」というらしい。

「なにその分厚い本」

「鎌倉《かまくら》時代から今に至るまでの地名を調べられるのよ。ほら、この名倉村ってのは村の石《こく》高《だか》が書いてあるから、農村だったみたいね」

「げえ、じゃあ、ご先祖様も農民ってこと？」

瑠衣は明治十九年式の戸籍を指さした。

戸主は「太田一助《いちすけ》」となっている。文政《ぶんせい》九年生まれで、明治十九年時点で六十歳。幕末、葛飾北斎《かつしかほくさい》や歌川広重《うたがわひろしげ》と同時代を生きた人だ。瑠衣からすると、曽祖父の曽祖父の祖父にあたる人物だ。

「おそらく農民だろうね。ひいお爺さんの代から、大阪に出て商売を始めたのね」

「それじゃ、江戸時代の士農工商ってやつでいうと、うちはずっと農民ってこと？」

「色んなパターンがあるから何とも言えないけど。少なくとも『太田家』っていう家単位で見ると、たぶんそうね。江戸時代の始まり、一六〇〇年代には名倉村に居を構えて、ずっと農民をしていた可能性が高い」

「昔の人は引っ越しとかしないの？」

「移動は制限されていたから。明治になると移動の自由も認められたけど、農家で引っ越した人は少なかったはず。移動が本格化したのはせいぜい一九五〇年代からだろうし」

「うわあ、じゃあ、うちは四百年、農家をしてたのかあ」

瑠衣は頭の後ろで手を組んで、天井を見上げた。

「すごい人、いなさそうじゃん。そもそも農家なら、あんまり記録とかもなさそうだし」

風子は本棚から電話帳を数冊取り出した。

最新のものから、古いものまで取りそろえてある。最近は電話帳に名前を載せる人が少ない。古い電話帳を見ると、より多くの情報が得られることがある。

「これで名倉村を調べてごらん。今の名前で言うと、設楽町かな。瑠衣ちゃんの名字と同じ『太田』さんがいないか確認して。親戚《しんせき》が地元に残っていることがあるから。親戚らしき人を見つけたら、連絡を取ってみるの」

瑠衣はしぶしぶといった様子で、電話帳をめくり始めた。最初の数冊は空振りだったようだ。大きな欠伸《あくび》をしながら肩を回した。

「やだ、全然見つからない。大田《おおた》さんとか多田《おおた》さんとかならいるのにな」

「まだまだ、電話帳あるでしょ」

風子が電話帳の山を指さすと、瑠衣は「うへえ」とうなりながら、次の一冊に手を伸ばした。

小一時間経《た》っただろうか。昭和後期の電話帳まで遡ったところで、手を止めた。

「これ、太田理容院ってのがあるよ。ここに電話すればいい？」

「まずは手紙よ」

「えっ？　今どき手紙？」

風子は文箱《ふばこ》からレターセットを取り出し、瑠衣の前に置いた。

「突然知らない人から電話が来たら、怖いでしょ」

「知らない人からの手紙でも怖いけどな」

「だから怖がらせないように、丁寧に事情を説明してね。信頼してもらえるように」

瑠衣は不満げに首をかしげたが、文句を言わず便せんに向かった。

「一回、シャーペンで書いて、上からペンでなぞってもいいよね？　間違えそうだもん」

そう言うと、瑠衣はシャーペンを手に取った。内側に握り込むような変な持ち方で、女子中学生らしい丸文字を書く。文字自体は丁寧で、読みやすい。

「頑張ってるね」

頭上から声がして顔を上げると、康平がお盆を持って立っていた。階下の喫茶店「マールボロ」の店主だ。ショートケーキが載った皿をテーブルの上に置く。

「おじさんからのサービスだよ」

「私のぶんは？」

風子が訊くと康平は肩をすくめた。

「一個しか余ってないんだ」

窓の外を見ると、うっすら空が赤くなっている。もうすぐ夕暮れだ。一時は客足が遠のいていた「マールボロ」にも客が戻って来たらしい。

「うち、甘いもの苦手だから、邑楽さんが食べていいよ」

手紙から顔も上げずに瑠衣が言った。

「じゃ、遠慮なく」

フォークをすっと刺して、口に放《ほう》り込む。和三盆《わさんぼん》の甘味が口いっぱいに広がった。苺《いちご》の酸味もまじってうまい。きめの細かいスポンジはふんわりとしていて、口の中ですぐに溶けて消えてしまう。

「この手紙書いてさ、返事が来たらどうするの」

瑠衣が訊いた。

「話を聞きに行くのよ」ケーキを食べながら答えた。

「えっ、じゃあこの、設楽町ってとこに行くの？」

「そうよ。面倒？」

ディンブラのアイスティーを飲み干すと喉《のど》がすっきりした。爽快《そうかい》な渋みだけが残り、後味が良い。

「いや、全然。めっちゃ楽しみ。うち、パパの休みが取れないから、旅行とか全然行かないんだ」

瑠衣は顔を輝かせた。子供のころに旅行できなかったのは風子も同じだ。全国各地を回る仕事をしているのは、幼少期の反動かもしれない。

「水着とか持って行ったほうがいい？」

明るい瑠衣の声につられて、風子は笑った。

「山奥だから、海はないよ」

2

設楽町まで、東名高速で四時間半。炎天下の昼過ぎに出発して、日が傾くころに町内に入った。途中、二度の休憩を入れたが、それでも疲労は溜《た》まった。

日帰りは諦めていた。一泊したのちに太田理容院の太田敏夫《としお》を訪ねることになっている。電話帳に住所を載せていたのは先代のカヨだったが、彼女は四年前に肺炎で亡くなったらしい。

『私どもの分家が、大阪に出たという話を聞いたことがあります。お盆明けなら、世話になっている寺の住職を紹介できます』

敏夫からは丁寧な返事をもらった。中学生からの頼みだったからか、言葉づかいもやさしかった。

日程を調整して、八月十七日に菩提寺《ぼだいじ》を訪ねることになった。

結局、萌は同行しなかった。高齢の姑が騒ぐため家を空けられないらしい。

設楽町は山を隔てていくつかの集落に分かれている。そのうちの一つの集落に入る。

山と山の間をくりぬいたような山里に、田畑が広がっている。水田半分、畑半分といった具合だ。遠くには段々になった茶畑も見える。いずれも鮮やかな緑色を宿していた。それと比べるとやや濃い緑が、険しい山の斜面からのぞいている。

まもなく集落唯一のペンションに着いた。車を降りると、思いのほか涼しくて驚いた。湿度はあるが、空気がひんやりとしている。木陰に入れば、すっかり秋の足音が聞こえそうだ。雨が降っていたのかもしれない。水分を含んだ土の匂《にお》いがした。ツクツクボウシが弱々しく鳴いている。

「山の中だから、涼しいのかな。アスファルトがないから」

ジーンズ姿の瑠衣が言った。

集合時間に現れた時には、ジーンズを指さして「邑楽さんとおそろい」と笑っていた。淡い水色のブーツカットデニムだ。風子は同じようなライトブルーのMOTHERのフレアデニムを穿《は》いていたから、確かにおそろいのようだった。

「ねえ、牛乳風呂《ぶろ》があるんだって。ご飯までに入ってきていい？」

瑠衣ははしゃいだ声を出した。

道中ずっとこの調子である。道の駅に寄るたびに買い食いをして、頬をいっぱいに膨らませた。甘いものが苦手と言っていたのに、大きな五平餅《ごへいもち》を完食して、「味噌《みそ》は甘いけど、焦がし醬油《じょうゆ》が効いてるから、いける」と親父《おやじ》くさいコメントを残した。

車ではカーオーディオにスマートフォンを繋《つな》いで、最新のヒットチャートで鼻歌を歌っていた。風子はその曲も知らなくて、がく然とした。風子が学生時代に聞いていた曲とはリズムや歌詞の感じすら異なっている。

夕食には川魚が並んだ。瑠衣は物珍しそうに鮎《あゆ》の塩焼きをつつき、アマゴの甘露煮を箸《はし》で崩した。

「これ何？」

「馬刺し。美味《おい》しいよ」

刺身醤油にワサビを溶かし、馬刺しをちょんと付けて口に入れた。脂身が舌の上でトロっととろける。臭みはないのに、香りが高い。おろした生ワサビがよく合う。

「ワサビそんなにつけたら、ツーンってこないの？」

「脂身と一緒に食べると辛くないんだよ。香りだけスッとして、さっぱりするよ」

「えっ、ちょっと待って。ほんとだ。辛くない」

瑠衣は目を丸めた。

本当に旅行が嬉《うれ》しいのかもしれない。部屋へ戻る瑠衣の背中を見ながら思った。

「お母さんに、電話しておくのよ。心配してるだろうから」

声をかけると瑠衣は振り向いた。

「別にいいよ。あの人、ぶりっこだから嫌なんだ。うちがいない間、あの人はあの人で楽しんでると思うよ」

吐き捨てるように言うと、自分の部屋に入っていった。内側から鍵《かぎ》をかける音が聞こえた。

経済的に恵まれている。愛情も注がれている、ように見える。けれども、家庭の中で何が起きているのか、外側からは分からないものだ。

翌朝、そろって太田理容院に出かけた。こぢんまりとした昔ながらの店を想像していたが、実際はガラス張りで今ふうの店構えだった。海外モデルの白黒写真のポスターが店の内側から路面に向けて貼《は》ってある。先代が亡くなった後に改装したらしい。

隣接する民家の座敷に通された。二間続きの畳で、奥には仏壇が見える。仏壇の前には菓子箱や果物が細々と並べられていた。長押《なげし》の上には額縁に入った古い写真がぐるりと飾られている。カラー写真は二枚だけだ。軍服姿の青年の写真もまじっているが、ほとんどが袴《はかま》か着物姿の老人である。

敏夫は四十代後半くらいに見える男性だった。長く伸びた垂れ眉《まゆ》と下膨れの顔はいかにも人がよさそうだが、それとは不釣り合いな角刈り頭をしている。

名刺とともに手土産《てみやげ》の空也《くうや》もなかを差し出す。敏夫は受け取りながら、顔だけ瑠衣のほうへ向けた。

「こちらがあ、瑠衣ちゃんですかあ」訛《なま》りはきつくないが、語尾を伸ばす独特のイントネーションだ。「うちには子供がおらんですから、遠戚に子供がいたとは、嬉しいですよ」

「それでは、やはり親戚関係が？」

「はい。おそらく、瑠衣ちゃんの曽祖父、六郎は、僕の祖父の弥一《やいち》の弟やと思います。大した財産もない家ですが、財産分けした際の記録が残っています」

敏夫は木箱から黄ばんだ紙を取り出し、広げた。Ａ３ほどの大きさの紙を九つに折ってあったようだ。折り目がくっきりついている。

「これです。六郎、とあるでしょう。六郎は分家したものの、土地や財産は受け取っていません。大阪へ転居しています。七人兄弟で、後に生まれた者たちに分ける財産は残っていなかったんでしょうね」

　敏夫は紙を丁寧に折り畳んで、木箱に戻した。

「火事で物置小屋が焼けてしまってえ、うちにはこれ以上の資料がないんです。円堂寺《えんどうじ》のほうへ行ってみりん。過去帳があるはずやから。住職は生き字引みたいな爺さんやから、色々聞いてみるといいですよ」

「太田さんは、ずっと理容院をされているんですか？」

　瑠衣が訊くと、敏夫は微笑んだ。

「僕の父が早くに亡くなったでえ、一人残された母が始めたんです。それまでは畑をやっていましたよ」

「じゃあ、ご先祖様はずっと農家をしていたのですか？」

「ここらへんの者は、みんな農家ですよ。最近は兼業の家が増えましたけどねえ。うちも僕が理容院を継いでから、母は畑に戻りましたし」

「お米を作っていた……ってこと、ですか？」

「米も作ってますがねえ、このあたりは米はあまり取れないんよ。最近は米のできる量も増えてきたけど、昔は稗《ひえ》ばっかり作っていたみたいです。うちの母も、晩年は食べなれた稗しか受けつけんかった」

敏夫は長押の上のカラー写真を見上げた。一つ紋の黒留袖《くろとめそで》を着た老女がこちらをじっと見つめている。

その隣には、口を一文字に結んだ袴姿の男性がいた。歳《とし》は四十代半ばほどに見える。若くして亡くなった敏夫の父だろう。瑠衣とそっくりで驚いた。切れ目を入れたような細い目が、すべてを見透かすように向けられている。

瑠衣自身も驚いているのだろう。口を半開きにしたまま写真を見上げている。

座敷に置かれた首振り扇風機がカタカタ、カタカタ、と音を立てていた。それを聞きながら、風子もじっと写真に見入った。

「瑠衣ちゃんは、うちの父さんにそっくりだなあ。遺伝っつうのは、面白いもんやね。太田の目をしてますよ」

「ほんとに……似てますね」

瑠衣がぽつりと言った。その目は潤んでいた。感激しているのだろうか。写真の男性と瑠衣との酷似には風子も驚いた。だが感涙するほどのことかというと、疑問である。

敏夫に厚く礼を言って、その場を辞した。

瑠衣はしばらくぼんやりしていた。昼食をとるためにペンションに戻り、地元のダムを模したというカレーが出てきたころに、やっと口を開いた。

「うち、この一重の目、嫌だったんだよね。うちのパパもママもくっきりした二重の目なのに、なんでうちだけブサイクなんだろうって思って」

ブサイク、と言うときに瑠衣は声をひそめた。

自分から出てくる言葉ではない。誰《だれ》かに言われたのだろうか。無邪気な子供時代が終わり、他人からの視線を受け取り始める時期だ。他人の無責任な一言に胸が潰《つぶ》れたことだろう。言われたときだけでは終わらない。ずっと引きずって、古傷のかさぶたをはがすように、何度も自分で反芻《はんすう》することになる。

「学校でさ、うち、『大仏』って呼ばれてるんだ。誰かがふざけて言い出して、似てる似てる、ってことになって。本当は嫌なんだけど、ムキになって嫌がると、気にしてるのがバレてダサいじゃん。だから、うちも大仏のポーズとか真似《まね》して、乗っかってるんだけど」

瑠衣は均整のとれた丸顔に、切れ長の目をしている。首の短さやずんぐりした体型も相まって、確かに大仏然としている。子供のあだ名は残酷だ。

「私の子供のころのあだ名は、モアイだったよ。ほら、あごがちょっと、しゃくれてるから」

風子があごを上げて見せると、瑠衣は「ははははっ」と声をあげ、破顔した。目尻《めじり》に涙が浮かんでいる。

「モアイってひどっ！　うけるね」

「大人になったら、あんまり気にならなくなるよ。あごがすっきりしてて、太ってもバレないから、ちょっと得してるもん」

瑠衣は鼻を軽くすすると、スプーンを手に取った。カレーライスの鹿肉《しかにく》をすくって口に放《ほう》り込む。

「美味しいよ。冷めないうちに邑楽さんも食べなよ」

急に仕切り始めた瑠衣がおかしくて、風子は口元をゆるめた。

鹿肉は柔らかく煮込んであって、口に入れるとほろりと崩れた。臭みはない。脂身が少なくて、すっきりとした味わいだ。窓から見える険しい山林によく似合う味だ。

「でも、敏夫さんのお父さん、うちにそっくりだった。写真を見て、妙に納得しちゃった。親戚だなーって」

食事を終え、円堂寺へ向かった。歩いても十分ちょっとの道なので、歩いていくことにしたのだが、これは失敗だった。外は日差しが強い。木陰が多いぶん、東京ほど暑くないのだが、それでもTシャツに汗じみができて、喉が渇いた。

円堂寺は集落の北の高台に位置していた。人の足で踏みならされた道をのぼっていくと、松林に囲まれた民家が見えた。その脇に、黒光りする木造建築がある。それが寺のお堂のようだった。

出迎えた住職は、おそらく八十歳前後だ。頭はすっかり禿《は》げ上がっている。この住職、動きはゆったりと遅いのだが、とにかくよくしゃべる。耳が遠いせいか、声は大きくて聞き取りやすい。

「よくいらっしゃった。東京からですか。へえ、ご苦労なことで。最近はここら出身の若者ですら帰ってきませんからなあ。さあさあ、茶でも飲みりん。このあたりでは昔から茶を作って、茶揉《ちゃも》みしておった。だから茶だけはいいものを沢山飲めました。ほら、お抹茶にちょっとだけ塩を入れておりますんで」

グラスに注《つ》いであったのは、緑の鮮やかなお抹茶だった。きんと冷やしてある。口に含むと、わずかに塩気がある。暑い日にはぴったりだ。グラスの半分ほどまで飲むと、全身に力が戻ってきた。腹の底がすっきりして、背筋がしゃんと伸びる。

「ええ、ええ。敏夫さんから話は聞いてますよ。太田さんのところの分家のお嬢さんですってねえ。この子ですか。瑠衣ちゃんというのね。へええ、先代の太田さん、敏夫さんの親父とそっくりやねえ。敏夫さんの親父はね、僕と同級で、よく遊んだもんだ。あの人は本当に聞かん坊で、このあたりの少年らを従えておりました。親分気質ってのかね。自分で決めたことは絶対だったな。言うことを周りが聞かないと、がつんと殴ってくるもんだから、誰も文句を言わない。僕はまあ、昔から太鼓持ちが得意だったから、うまくやれたんだな。しかし若いのに悲しい事故でしたな。まだ四十六歳だった。バイクに乗っているときに、隣のトラックの荷がほどけて、丸太の下敷きになったんですよ。可哀想《かわいそう》なことで。当時、息子の敏夫さんは中学にあがるくらい、ちょうど瑠衣ちゃんと同じくらいの年だったなあ。泣きじゃくってねえ。奥さんも苦労なすった。町一番の働き者でしたわ」

立て板に水を流すように住職は話し続ける。大きい声で調子をつけて話すから、講談師のようでもある。

「それで何でしたかね。過去帳でしたか。太田さんのところのご先祖様の話ですよね。そりゃ、色々残っていますよ。太田さんのところは元々、この寺の住職をしていましたからね」

「えっ？」

瑠衣と風子が同時に声を出した。

「住職をしてたんですか」

瑠衣が訊くと、住職は目を丸めた。

「敏夫さんから聞いてないですかあ？　まあでも、かなり昔の話だから、敏夫さんはそのあたり、知らんのかもなあ。ちょおっとお待ちくださいね。過去帳を持ってきますよ」

住職は座敷の奥へ引っ込んだ。瑠衣は風子のほうを見て、小声で言った。

「ずっと農家ってわけじゃないの？」

「さあ……。住職をしながら畑を耕していたって話もよく聞くけど」

住職は着物を入れるような大きな木箱を抱えてきた。

「これです、これです。こんな寺ですけど、過去帳だけは鎌倉時代からずっと残ってるんですよ」

木箱を開けると、カビの臭《にお》いがむっと鼻を突く。茶色に変色した書物が数十冊詰まっている。それぞれ蛇腹式に開くように綴《つづ》られている書付のようだ。住職はその一冊を取り出して開いた。墨でぎっしりと文字が記されているが、字の崩しかたが強くて、すぐには判読できない。

「太田さんの一族は、丹波《たんば》の国で武士をされてたんですよ。うんと昔ですがね」

「丹波って、今でいうと京都の山のほうの？」

風子が口を挟んだ。

「そうだらあ。戦国時代のころやね。仕えていた大将が戦で敗れて、その下にいた武士たちは、敵方に吸収されることになった。太田家はそれを拒否したんですな。主君の敵に仕えたくはないと。けれども『嫌です』と断ると一族皆殺しにあう可能性もあるわけやから、母方の遠縁にあたる寺で出家することにした。それがこの寺というわけです」

「なるほど、そういうことか……」

風子の言葉に、住職が首をかしげた。

「あれ、あまり驚かれないんですね」

「丹波なら辻褄《つじつま》があいます。丹波国に太田郷という場所があります。今でいうと、京都府亀岡《かめおか》市あたりですかね。その太田郷を拠点とする武士として『太田』という名字を名乗り始めたのでしょう」

「へええ、面白いなあ。それじゃ、邑楽さんのお家も、邑楽を治めていた武士なんですか」

住職は冷やし抹茶をすすって、何気なく訊いた。が、その直後、風子の表情の変化に気づいたのだろう。すぐに取り繕った。

「いや、無理に詮索《せんさく》するつもりはありません。珍しい名字だなと思っただけで」

「群馬県邑楽郡邑楽町の出身ではあるんですが。先祖のことは、何も分からないんですよ」

横から瑠衣の視線を感じた。瑠衣なりに気をつかったのかもしれない。話題を戻す質問をした。

「戦国時代には住職をしてたってことは、住職さんとも親戚なんですか?」

「いいや。太田さんが住職の仕事を譲ってくれたんだ。うちの先祖に。あれは幕末か、明治に入ってすぐのころだったかなあ。太田宗一郎《そういちろう》という男がおりました。瑠衣ちゃんからすると、八代か九代前かと思いますが」

瑠衣が鞄《かばん》から戸籍を取りだした。一番古い明治十九年式の戸籍では、戸主が「太田一助」となっている。住職は過去帳を片手に戸籍をのぞき込んだ。

「ああ。この一助は、宗一郎の息子ですよ。だから、ええっと、瑠衣ちゃんの曽祖父の曽祖父の曽祖父にあたるのが、宗一郎ということですな。宗一郎は大酒飲みで、かかあとも喧嘩《けんか》ばかり。高台に寺があるものだから、寺での怒鳴り声がよく村中に響いておったとさ。酔いつぶれて村の法事に顔を出さないこともしばしば。仕方がないから、峠《とうげ》を越えた先、隣の集落の寺に頼んで坊さんを派遣してもらっていたくらいだわ」

横目で瑠衣を見ると、浮かない表情をしている。かなり昔の先祖とはいえ、悪い話は聞きたくないだろう。

「この小さな村では、働くもんが偉い、働かないもんは食うべからずというのが当たり前じゃった。もともと米もできにくい貧しい土地やから、かつかつに蓄えて、冬をしのいで、なんとか暮らしていた。こういう信念が生まれても仕方のないことなのよ。昔はねえ、皮をはいだカエルで蜂《はち》をおびき寄せ、カエルの肉を持ち帰る蜂を追いかけて、蜂の子を食べていたくらいだからねえ」

「蜂の子って……あの、芋虫みたいなやつですか？」

瑠衣が食いついた。

「そうそう。すり鉢ですり潰して味噌の中に漬けておくの。囲炉裏《いろり》で五平餅を焼くときにそれを塗って食べるのさあ」

「五平餅に虫をつけるのかあ……」

瑠衣は眉をひそめた。

道の駅で昨日食べた五平餅を思い出しているのだろう。

「蜂の子は貴重なタンパク源だったのさ。明治になるまで峠道もなかったから、周囲から孤立して貧しい村だったんだろうな。必死に働いて食べていくのがやっとだった。だから宗一郎はまあ、村人からは軽蔑《けいべつ》されていたようでね。畑も耕さないから、かかあが村に下りて食べ物を分けてもらって、それで暮らしていたわけだ。そんなあるとき、山のほうから一組の若い夫婦がやってきた。二人で寄り添うようにくっついて、歩いてきたらしい。山の中の不便な道だ。何日もかかって、身体もやせ細り、命からがら村に着いた。寺のお堂、ちょうどそのあたり」

住職はお堂の入り口の上がり框《かまち》を指さした。

「そのあたりに夫婦ともども倒れ込んだ。これを見つけたのが宗一郎。本人は飲んだくれで働きもしない奴《やつ》だったが、そのぶん他人にも優しかったんやろうな。かかあに言いつけて、余計に食べ物をもらってきて、夫婦に与えた。まあ、この期に及んでも自分で動かず、かかあを使うあたりがダメな奴ではあるんですがね。若夫婦の女のほうは腹に赤子がいるらしい。やせ細っていて、危ない状態だったみたいだが、食べ物をかき集め、なんとか子供を産んだ。宗一郎は夫婦と子供を寺に置くことにした。男のほうは読み書きができた。当時このあたりに文字の読み書きができる人はそういない。もしかすると高貴な出なのかもしれないが、甚兵衛《じんべえ》とだけ名乗って、どこから来たのかは話さない。山奥の集落に流れ着いている以上、何か訳アリだったんだろうなあ」

住職は、冷やし抹茶を一口飲んだ。

「昔はそういう人がちらほらいたんよ。宗一郎は詳しいことを訊くこともなく、共同生活を始めた。が、もともとこの甚兵衛、人当たりも良く働き者で、学もある。村人からも好かれて、甚兵衛さん、甚兵衛さんと人が集まるようになった。すると宗一郎のほうは面白くない。『この寺をやるから、手前でやってみろ』と甚兵衛に言い渡し、自分は畑いじりを始めるようになった。宗一郎としては誰かに止めてほしかったのだろうが、働かない宗一郎がついに働き出したと村人は喜んだ。とうとう面白くない宗一郎は『こんな寺くれてやる』と言い渡し、甚兵衛はそのまま住職として居座ることになった。その甚兵衛の子孫が、私ですよ」

住職は自分に指を向けて、にっこり笑った。

「瑠衣ちゃんの先祖のおかげで、私まで命がつながったとも言えますな」

瑠衣はちょっとだけ口を尖らせて、まばたきをしている。人助けをしたとはいえ、問題のある人物が先祖だと複雑な気持ちだろう。

「その、宗一郎さん？　うちの、ひい爺ちゃんのひい爺ちゃん？　結構ダメな大人だった、ってことですよね」

「ダメってこともないんですよ。助け合いだからね。宗一郎は甚兵衛を助けた。甚兵衛のほうも恩に感じて、宗一郎には食べ物を分け与えて、色々と面倒をみていたようです。それで宗一郎のかかあはだいぶ楽になったみたいだし。結局、宗一郎の優しさが太田一家を救ったわけですからね」

「それなら、いいんですけど……」

瑠衣の表情は晴れない。

「でも、ご先祖様も人間なんだなって。当たり前ですけど。身近な感じがしました。ありがとうございます」

瑠衣は頭を下げた。

「いえいえ、私も言い伝えを久しぶりにお話しできて楽しかったですよ。今日は隣の集落で念仏踊りをするんで、見に行ってはいかがですか？」

「念仏踊り、ですか？」風子が聞き返した。

「田峯《だみね》の念仏踊りというものです。亡くなったかたがたを供養するために、跳ねるような太鼓踊りをするんです。きっと宗一郎や甚兵衛のように、この村で生涯をとじた人々の精霊も戻ってきていますから、見送ってやってください」

田峯観音まで車で三十分弱だった。

山間《やまあい》の車道は曲がりくねっていた。アスファルトの舗装がところどころ剝《は》げていて、車はよく揺れた。助手席の瑠衣は車酔いしているように見えたが、それでも「行きたい」と言い張った。

日がとっぷり暮れた境内《けいだい》に、線香の香りが漂っていた。遠くから、ひゅるうり、ひゅるうり、とか細い笛の音が聞こえる。その合間に、カンカンコロンと鉦《かね》の音《ね》が乗っている。

寺に村人の行列が入ってきた。皆、白地に青く菱模様の入った浴衣《ゆかた》を着て、笠《かさ》をかぶっている。太鼓の音が近づいてくる。観音道行きと呼ばれる行列らしい。提灯《ちょうちん》を下げた老人が一団を出迎えた。

境内の中央には櫓《やぐら》が組まれて、櫓から四方に提灯が下がっている。櫓の周辺を男たちが取り囲む。姿勢を低くし、太鼓を叩《たた》きながら、跳ねまわりながら踊った。まもなく、堂の中で念仏が唱えられ、村人たちが櫓の周りで踊り始めた。団扇《うちわ》を手に持ち、歌を歌いながら櫓の周りを取り囲む。

近くの石段に腰かけながら、瑠衣はその様子をじっと見ていた。話しかけるのもはばかられる。風子はふと空を見上げると、落ちてきそうなほどの星が浮かんでいた。大小無数の星の間に放り出されたような感覚だった。

「邑楽さん、うち、京都の亀岡市にも行きたい」

瑠衣の言葉で、現実に引き戻された。

「もっとご先祖様をたどるってこと？」

「うん。調べられるところまで調べたい。話を聞いていて、やっぱり自分の先祖だなって思った。うちと似てるところ、いっぱいあった」

聞きながら、胸の内がざわついた。先祖探しは楽しい。けれども、先祖や血縁にこだわりすぎて、依存してしまう人も見てきた。自分の出自はこうだから、と自己規定してしまうのだ。

「似てるところって？」

「今日話を聞いた宗一郎って人とか、うちにそっくりだよ」

ねっとりと湿度の高い空気に囲まれて、じっとしていると汗ばんだ。だがわずかに風が吹くと、風の冷たさに鳥肌が立った。

「中学入って早々にクラスに浮いてる子がいたんだよ。態度が高飛車で、言い方もきつくて。それでクラスの子たちから嫌われて、いじめってほどじゃないけど、軽く無視するような感じだったの。でも可哀想だから、うちはその子と結構話してたんだよね。うちと仲のいい子たちとも打ち解けて、ちょっとずつクラスにも馴染《なじ》んでいった。そしたら、むしろその子のほうがクラスの中心みたいになっちゃったの。詳しくは言えないけどすっごいお嬢様で、外国暮らしが長かったみたい。みんなその子のことをチヤホヤするから、うちとしては面白くないし。その子はその子で、裏でうちの悪口言ってるみたいだし。水商売の家の子だからガサツだとか、色々」

「そういう事情もあって、今回の先祖探しを始めたの？」

瑠衣は大人しくうなずいた。

「すごい人を見つけて、見返してやりたいと思ったんだけど。でも、途中からどうでもよくなっちゃった。昔の人もうちらと同じように嫉《ねた》んだり、揉めたりしてたんだね。そういうの、ずっと繰り返していくのかと思うと、馬鹿らしくなったし」

「それじゃ、もっと先祖をたどりたいってのは？」

「単純に好奇心。自分と似てるところが沢山見つかって面白いから。自分にそっくりな顔の人がいたり、そっくりな性格の人がいたり。宗一郎さんとか、やっぱり似てるよ。自分で動かず、奥さんに動いてもらってたとか。今回の先祖探しだって、自分で調べずにプロにやってもらおうと思ってたのとそっくり。うち、キホンが怠け者だもん」

瑠衣が笑うから、風子もつられて笑った。

早逝した敏夫の父について住職が「自分で決めたことは絶対だった」と語ったのを思い出した。瑠衣について、萌が「一度言い出すと聞かない」と話していたのと重なる。

「でも、だから……。大人になってもお酒は飲まないようにしよっと。宗一郎さんも大酒飲みで喧嘩してたらしいじゃん。うちのパパもそうなんだ。酔っぱらってないときは優しいんだけどね」

　風子は瑠衣の顔をじっと見た。

　その眼差《まなざ》しから心配を読み取ったのだろう。

「って言っても、別にDVとかじゃないよ。パパとママがよく喧嘩してるだけ」

　瑠衣は言い訳のように付け加えた。

「そういえば、邑楽さんって群馬出身だったんだね。先祖探しの仕事をしてるのに、自分の先祖のことは分からないんだね」

　何気なく聞いているふうを装っているが、昼間の風子の様子が気になっていたのだろう。いつもなら人に話さないことも、この日はするすると言葉が出てきた。

「私は捨て子なの。母親の記憶はあるんだけど、五歳のときに、母親はどこかへ消えた。私は邑楽町の町役場の前に残されたんだ。『お母さんの名前を聞かれても、自分の名前を聞かれても、分からない、と答えなさい』って、母親が去り際にきつく言っていたことだけ覚えている。実際、町役場の職員に見つけられた私は、自分の名前も母親の名前も答えなかった。そのうち、不思議なことに、自分でも自分の名前が思い出せなくなって、今に至るのよ」

　なるべく軽い調子で話したが、瑠衣は驚いた様子で目を見開いている。

「じゃあ、今の邑楽って名前は？」

「町役場の人が付けたのよ。邑楽町で拾われたから、邑楽っていうの」

「へええ、そんなのって、あり？ 名字って勝手に誰かが作っていいの？」

「捨て子の場合、『棄児戸籍』っていう戸籍を新設するの。そのとき、名前がないといけないでしょ。名前が不明の子供には、市区町村長が命名することになってる。といっても、実際に名前を考えるのは役所の職員だろうね。私なんてまだいいほうよ。本所石原町《ほんじょいしわら》八千《やち》代《よ》館で見つかったから『石原八千代』と名付けられた人とか、中里町《なかざと》二三一番地で見つかったから『中里二三一《ふみひと》』とか、捨て子だから『捨吉《すてきち》』とか。色々いるのよ……」

「なにそれ、ダジャレじゃん。邑楽さんは邑楽さんでよかったね。風子って下の名前もいい感じじゃん。どうして風子っていうの？」

「さあ、下の名前の由来は知らないけど」

「ふうん。でも、仕上がりとしていい感じの氏名になって、よかったじゃん」

瑠衣が励ますように言った。二十歳近く年下の子に励まされるのも奇妙な感じだ。けれども名前を褒められるのは嬉しかった。自分の存在をそのまま肯定してもらえたような気分だ。

「もう遅いから、ペンションに帰ろう」

瑠衣はうなずいて立ち上がった。

そのとき初めて空に視線が行ったのだろう。

「わあ、すごい。見て、星！」

風子も空を見上げた。視界いっぱいに星空が広がる。上下左右が分からないほど、どこを見ても星が浮いている。風子は再び、星の間に落ちて行った。

3

設楽町から帰って一週間後のことだった。瑠衣が消えた。

朝七時を少し過ぎたころに事務所の電話が鳴った。この時間はまだ、隣室の居住スペースで過ごしている。慌てて事務所に出て電話を取ると、瑠衣の母親、萌が堰《せき》を切ったように話し始めた。

「瑠衣がいないんです。帰ってこない。昨日の朝から出かけて、帰ってきてない。どこにいるんでしょう。先生知りませんか」

受話器の向こうから唾《つば》が飛んできそうな勢いだ。

「一昨日《おととい》なら、瑠衣ちゃんは午後四時半には事務所を出ましたが……」

邑楽と瑠衣はここ数日、事務所で調べものをしていた。丹波国太田郷とゆかりがあるらしいという仮説のもと、手分けして丹波国関連の資料を読み込んでいた。

「その日は帰宅しました。翌朝から出かけて行って、一晩、家に帰ってきてないんです」

「どうして昨晩のうちにご連絡頂けなかったんですか」

つい責めるような口調になった。十三歳の女の子が一晩帰宅していないのだ。深夜でも連絡を回して探すのが筋だろう。

「それが……お恥ずかしい話ですが、娘がふらっと外泊するようなことが、これまでもありましたので」

「中学生なら一人でホテルにも泊まれないでしょう。親戚や友人に心当たりは？」

「娘はどうも普段、漫画喫茶で時間を潰しているようです。服のポケットからレシートを見つけたことがあります。本来は十八歳以下の深夜利用って、できないはずですけど。繁華街には、そのあたりがゆるい店もありますから。めぼしい店には問い合わせましたが、見つかっていません」

「スマートフォンは？」

「持たせていたのですが、最近口論をして、没収しちゃって」

「警察には？」

「さきほど連絡しました。動いてくれるようですが、何か事件に巻き込まれていたらと思うと……」

受話器の向こうで沈黙が流れた。

ため息すらつくことのできない状況なのだろう。

「最近は外泊のようなことも減って、落ち着いていたのに……。今回の先祖探しが、何か影響を与えているのかもしれないと思いまして。それで先生にご連絡差し上げたのです」

矛先が風子に向いた。直近の数日間、行動を共にしていたのだから、萌が風子をなじるのも当然に思えた。

「先祖探しの影響、ですか」

ここ数日は本の虫のように資料を漁《あさ》っていただけだ。いくら調べても有用な資料や情報は出てこなかった。

ここまで調べても出てこないなら仕方ない。山崎《やまざき》という地元の郷土史家に尋ねてみることにした。山崎は亀岡一帯の郷土史を研究して三十余年になるという。最近は講演会なども行っている。連絡を取って、問い合わせてみたところビンゴだった。

太田郷一帯を治める武士が戦国時代ころから「太田」という名字を名乗っていた。そのうちの一人が、合戦に敗れた際に奥三河《おくみかわ》の山寺に出家したという記録が残っているらしい。

数日後、八月末には山崎を訪ねることになった。

その話を萌にすると、萌は「聞いています」と割り込むように言った。

「京都府亀岡市に行きたいと瑠衣は言っていました。けれども私はダメだと言ったのです。もう十分調べたのだから、これ以上調べる必要はないと」

「瑠衣ちゃんは？」

「怒っていました。なんで邪魔するのかって。それで口論になり、別の話題にも飛び火して最終的に携帯を没収したんです。今となっては持たせておけばよかったと思いますが……」

「もしかして、亀岡市に行ったと？」

一度言い出すと聞かない。瑠衣のことを萌はそう言っていた。亀岡市行きを反対されて、意地になって亀岡市に向かったのかもしれない。

親の了承がない以上、風子は瑠衣を連れて行かない。そのあたりは瑠衣も分かっていたはずだ。だから風子にも無断で飛び出したのだろう。

「そうかもしれないと思いまして。先生、亀岡市のどこに行く予定だったか、教えてください」

萌と風子は東京駅に集まって、新幹線にとび乗った。

郷土史家の山崎には電話したが、瑠衣は来ていないという。訪ねてきたら保護するように頼んでおいた。

もともと、調査ではまず山崎の家を訪ねる予定だった。話を聞いて、太田家ゆかりの墓地に案内してもらう手筈《てはず》だ。案内先の住所は聞いていない。瑠衣が尋ねるとしたら山崎の家だろうと踏んだ。

新幹線に乗っている間じゅう、萌と風子はデッキで電話をかけ続けた。二人で手分けして、京都市や亀岡市周辺の漫画喫茶に瑠衣がいないか確かめていた。本来なら警察が行ってくれるはずだが、警察の捜査がどこまで進んでいるか分からない。できることをしらみ潰しにやっていくしかなかった。

収穫のないまま、あっと言う間に京都駅に着いた。

探す当てもないが、亀岡市に移動して、まずは山崎の家を訪ねた。山崎は六十過ぎの快活な男だった。背筋はピンとしていて、よく日焼けしている。薄くなった頭には白いタオルを巻いていた。

改めて事情を話して頭を下げる。目新しい情報もないので、山崎の家の周辺、特に駅近くの飲食店を見て回ることにした。

時刻は十一時半。太陽も高く昇って、照り返しがひどい。萌も風子も、ぐっしょり汗をかいて、ひどい様相だった。

「先生、昨日の朝に出発したなら、とっくに亀岡市についているはずですよね」

風子はうなずくしかなかった。

「瑠衣ちゃん、どこにいるんだろう」

不安が胸の内に広がった。亀岡市を目指す途中で何者かに拉致《らち》された可能性もある。悪い大人に騙《だま》されてついていったのかもしれない。本人は一人前のつもりでいるが、まだほんの子供なのだ。

一時間ほど駅周辺を探したときだった。

風子のスマートフォンが鳴った。

電話をとると、男の声がした。

「邑楽さんのお電話であってます？　私です、先日ご足労頂いた、設楽町の太田敏夫です。先ほど、お昼ころにですね、瑠衣ちゃんが来たんですよ。ええ、一人で。うちの親父の写真が欲しいとかで……。親御さんが心配するよと言っても、首を振るばかりで。一旦《いったん》ね、うちの女房が昼飯を食べさせてますから。ええ……」

携帯電話を握る手が震えた。

一旦、敏夫の電話を保留にして、萌にも伝える。萌は、よかったあ、と吐息のようにもらし、近くの塀にもたれかかった。足に力が入らないらしい。ほとんどしゃがむような姿勢だ。

「瑠衣ちゃんが親御さんの連絡先を教えてくれなくて困ってたんですよ。たまたま先日、邑楽さんの名刺を頂いていたから、こうして電話したわけです」

「いまから迎えに行きますから、瑠衣ちゃんを留《と》めておいてください」

じんわりと安堵《あんど》の念が広がった。名刺を渡しておいてよかった、とため息が漏れる。ふと脇を見ると、萌がすがるような視線を寄越《よこ》していた。近寄ると、萌は立ち上がり風子に抱きついた。萌は震えていた。

「私がいけないんです。母親として、なってなかった。放任と言いつつ、瑠衣と向き合うのを避けていたから。私のせいです」

すすり泣きが聞こえた。


設楽町に着いたのは夜だった。瑠衣は敏夫の家に上がり込み、何ともないような顔で鹿肉のステーキを食べていた。

「瑠衣ちゃん、どういうつもり。どれだけ心配したと思ってるの」

萌が瑠衣を怒鳴りつけた。表情は険しいが、声が高いせいで迫力には欠けた。瑠衣は口を開いて何か言いかけたが、すぐに萌が説教を始めた。十分、二十分と同じ話をし続けるので、それを聞いているのは大人でもこたえた。

「分かったって。ほんと、ごめん」

瑠衣は低い声で言った。しぶしぶといった体《てい》をとっているが、内心は反省しているのだろう。

「邑楽さんも、ごめんなさい」

そう言って瑠衣は頭を下げた。風子に対しては、より素直な調子だった。

「どうしてこんなことをしたの」

風子が尋ねると、瑠衣は一枚の写真を取り出して示した。敏夫の父がヘルメットを抱えて、すました顔でバイクの前に立っている。

「これ、敏夫さんのお父さんの写真。これをママに見せたかったの」

萌の目は写真に釘《くぎ》づけになっていた。

「これって」

「パパの親戚にあたる人だよ。うちにそっくりでしょ」

「それじゃ、これを見せるために……」

萌の声は震えていた。

風子は話が飲み込めず萌と瑠衣を交互に見つめていた。

「ママさ、浮気してたんでしょ」

瑠衣の声が大きくなった。近くにいた太田夫妻が気まずそうに視線を伏せた。

「それで、うちが、パパの子供じゃないかもって思ってたでしょ」

あえて醜聞を周囲に聞かせたいのだろう。瑠衣なりの萌への仕返しなのかもしれない。

風子はどう反応していいか分からず、内心戸惑っていたが、無表情でいた。無表情を保つのは得意だった。

「うちも薄々思ってたよ。パパにもママにも、うち、似てないもん。この前、設楽町から帰って、『パパの親戚に会って、写真も見せてもらったよ。面白くなってきたから、もっと調べるつもり』って言っただけで、ママ、真っ青になってたじゃん。その後急に、先祖探しに反対し始めて。うちが浮気に気づくのが怖かったんでしょ。とっくに勘づいていたけど。でも、ママの反応を見て、『あー、ほんとに浮気してんだな』って、確信に変わった」

「瑠衣ちゃん……」

萌は言葉を探すように口を開け閉めしたが、何も出てこない。

「浮気はしてたんだろうし、今もちょいちょい、してんのかもしれないけど。でも、うちはパパの子だよ。こんなに似てる人いるんだもん。ママが辛《つら》そうだったから、それだけは教えてあげようと思って。隔世遺伝っていうのかな。そっくりじゃん？　うち、パパの子だよ」

萌はすすり泣き始めた。

「瑠衣ちゃん、ごめんね。ごめんね、瑠衣ちゃん……」

しばらく気まずい時間が流れた。敏夫の妻と風子は一瞬目が合ったが、互いに苦い表情のまま顔を逸《そ》らした。

敏夫がコホン、と咳《せき》をした。

「あの、飯にしませんか。美味しいものを食べるのが一番です」

風子も大きくうなずいた。

厚切りの鹿肉ステーキに、里芋の煮っころがし。炊き込みご飯とイワナの塩焼き、切り干し大根、山菜の漬物。色とりどりの小鉢に山と川の幸が盛られている。無愛想な里芋に箸を入れると、ほろりと割れて、優しい香りが広がった。

4

その墓は、愛宕山《あたごやま》の斜面に沿って立っていた。

保津川《ほづがわ》下りで有名な京都府亀岡市内から北に向かい、車も通れないような獣道を進んだ。細い木々が覆いかぶさるように生えている。地面は柔らかく濡れていた。うっかり落ち葉を踏むと転んでしまいそうだ。うるさいほどにあちこちから鳥の声が聞こえる。人間が立ち入ることを許していないような雰囲気すらあった。

遠目に渓流が見えた。大きな岩がいくつも顔を出している。近くを通ると、水流が岩にぶつかる音が、ごおごおと響いた。

「ここですよ」

郷土史家の山崎が声をあげたときには、ほっと胸をなでおろした。木陰はあったものの、一時間以上歩き詰めだ。Tシャツは汗でぐっしゃりと濡れている。五百ミリリットル入りのペットボトルを二本持参したが、それももうすぐ飲み切りそうだった。

山崎は木立の向こうを指さした。古びて朽ちかけた墓石が五つ並んでいるのが、木々の隙間《すきま》から見えた。それぞれの墓が二、三メートルずつ離れて、ゆったりとしている。

「昔は土葬だったから、墓石をぎっしり並べたりはしなかったんですよ。人を埋めるには、スペースが必要ですからね」

風子は木々を手でかき分けて、墓石の近くに歩きだすところだった。思わず足元に目を落とす。この地中に、人の遺体が実際に埋まっていた。そう思うと、若干足がすくんだ。

隣の瑠衣を見ると、瑠衣は覚悟を決めたように歩き出した。

その後ろには、萌の姿もある。

「これ、だよね。太田って書いてある」

瑠衣は、端のほうにある小ぶりな墓を指さした。瑠衣の腰の高さほどもない。

五つの墓石のうち、中央の一つは大きく、立っている場所も少し小高い。そこから見下ろされるような位置にこぢんまりと立っているのが、太田家の墓だった。

「太田家といっても、いろんな筋がありましょうが。お探しの太田家の墓はここだと思います。いまは管理する人もいないので、自治体の職員がたまにやってきては、不法投棄物を回収する程度です」

もともと四角だったはずの墓の隅は丸く削れている。黒に近い灰色の墓石はところどころがカビて深緑色に変色していた。直接触れるのははばかられる有り様だ。それでも傾くこともなく、まっすぐ天を衝《つ》くように立っているのが不思議だ。

「太田、という文字は読めるのですが。それ以外は刻印が薄くなっていて、肉眼では判読できないのです」

「大丈夫ですよ。画仙紙を持ってきていますから、拓本《たくほん》できます」

「邑楽さん、さすがですな」

山崎が吐息を漏らした。

墓を汚さずにその文字を読む「拓本」という方法がある。

そう難しくはないが、力加減のコツはある。風子は職業柄、拓本には慣れていた。

リュックを下ろして、画仙紙と養生テープを取り出した。墓石の表面に画仙紙をあて、養生テープで固定する。霧吹きで水を吹きかけ、毛の細かいブラシでトントンと表面を叩き、文字の凹みの中に画仙紙を押し込んでいく。

「へえ、すごいわねえ。なんだか探偵っぽい」

萌が率直に言った。

萌の言葉に瑠衣は少し眉をひそめたが、にらみはしなかった。

「画仙紙が乾くまで待ちましょう」

風子のかけ声で、四人は近くの岩に腰かけた。地面からのぞく巨大な岩は、墓石に向かう箇所だけ表面が削られたように滑らかになっている。

「墓参りをする人たちが、ここで休んでいたんでしょうね。人が座るところだけ、つるつるになっている」

昔は墓参りをする人たちがいたのだ。時代を経て、徐々に忘れ去られていく。きっと風子たちもそうだ。苦難に耐え、必死に生き、そして死んだとしても、それを覚えている人がどれだけいるだろう。百年、二百年も経てば、ほんの小さな砂粒のように時代の波にのまれて消えていく。

「これはいつごろの墓なんでしょうねえ」

萌が訊いた。山崎は待っていましたとばかりに話し始める。

「庶民が石製の墓を持ち始めたのは室町時代くらいからですが、昔の墓はそもそもあまり残っていませんからね」

瑠衣はじっと耳を傾けるだけで、口を開かない。疲れているのかもしれないし、緊張しているのかもしれない。

夏の陽《ひ》にさらされているからだろう。五分ほど待てば、画仙紙はすっかり乾いた。

タンポと呼ばれる道具を取り出す。白い正絹の布の中に綿を入れ、口が縛ってあるものだ。太りすぎたてるてる坊主のような見た目をしている。てるてる坊主でいうところの頭の部分に墨を染み込ませる。十分に染みたところで、タンポを指の間に挟んで、画仙紙の上から打ち付けていく。

すると、文字の部分だけ白く浮き、それ以外の墓石表面は黒く塗り潰されて見える。画仙紙をはがせば、墓を損傷することなく、文字を写し取ることができる。

「ほら、瑠衣ちゃん。見て」

風子は手招きして、画仙紙を示した。

『太田久典《ひさのり》　源《みなもとのともひさ》伴久　元禄《げんろく》十年丁丑《ていちゅう》　五月十日』

瑠衣は首をかしげている。

「これって、どういうこと？」

「元禄十年だから、一六九七年、今から三百年以上前に、太田久典って人が亡くなった。この人が瑠衣ちゃんのご先祖様だと思われる。そういうことですよね？」

山崎のほうを振り向くと、山崎はゆっくりうなずいた。

「しかし源でしたか」

「そうですね」風子は相づちをうった。「地理的には、全然おかしくない、というか、十分ありえることですが」

「ちょっと、どういうこと？」

瑠衣は不満そうに割り込んだ。

風子は『源伴久』の部分を指さした。

「太田って名字は、自分が治めている土地を名乗ってるだけなの。武士の間で、どこどこの誰、って言ったほうが分かりやすいでしょう。本名というか、天皇から授かった姓は別にあって、それがこの『源』というものなの。公文書を出すときには『太田』ではなく、『源』を使っていたはずよ」

「天皇から授かった名前って何？　どういうこと？」

「平安時代まで皇族だったからよ。皇族の人数が増えすぎて財政難に陥っていたの。だから臣籍降下といって、皇室を離れて民間に下る人たちが結構いたわけ。その際に、天皇と源を同一にする、という意味を込めて『源』という姓を贈った。その一族が、瑠衣ちゃんの先祖ってことね」

瑠衣は目を見開いている。

「えっ、ちょっと待って。じゃあ、うちのご先祖様、天皇ってこと？」

「ずっと昔の天皇だけどね」

「それって、ヤバくない？」

瑠衣は声を上げたが、萌はその脇で固まっている。驚きで声も出ないといった様子だ。

風子は瑠衣のほうを見て言った。

「前にも話したでしょ、そんなに珍しいことではないのよ。今回みたいに先祖をずうっとたどっていけたのは、ラッキーだったけど」

「ひええ、そんなこと、あるのかなあ」

山崎が胸をはり、腕を組んだ。

「丹波国の太田といえば、清和《せいわ》源氏《げんじ》。清和天皇を始祖として千年以上続いている、名門中の名門だよ。胸を張って学校で自慢してきなさい」

瑠衣は顔を赤くして首を横に振った。

「話が大きすぎて、友達にドン引きされると思う。逆に言えないよ」

山崎は「はっはっはっ」と大声で笑った。

「まだお嬢ちゃんには早かったかもしれないけど、親戚のおじさんに話してごらん。きっと驚くよ」

山崎に重々礼を言って、山のふもとで別れた。

帰り道も、瑠衣は言葉少なだった。もしかすると、萌と一緒にいるときはいつもこのくらい静かに澄ましているのかもしれない。母親と娘は、妙なライバル意識や反発心を抱くこともあるだろう。

静かな新幹線の中で、近くの席のサラリーマンがキーボードを打つ音だけが聞こえる。

いつのまにか萌は寝息を立てていた。

新幹線が新横浜を通り過ぎたころに、瑠衣がぽろりと言った。

「邑楽さん、うちのわがままに付き合ってくれて、ありがとう」

「わがまま、とは、思わなかったけど」

「ううん、ほんのちょっと自慢できる程度に、何か調べようって思ってたの。そしたら、大発見しちゃって。うちにそっくりな親戚がいたんだもん。家の事情に巻き込んじゃったし、勝手に設楽町を訪ねて迷惑をかけたし……」

「本当のことを言いなさいよ」

風子は瑠衣の目をじっと見つめた。

「最初から、そのつもりだったんでしょ？」

瑠衣は素早くまばたきをした。

一瞬、顔が硬直したのが見て取れた。細い目のなかで、黒い瞳《ひとみ》がきょときょと動いた。

母親そっくりな表情だった。

「最初から、お父さんの親戚をたどって、自分とのつながりを確かめたかったんでしょう。自分がお父さんの子供かどうか、調べたいと思っていた。そんなとき、先祖を調べてくれる探偵がいると知った。使ってみたいけど、口実がない。学校で課題が出た時は嬉しかったでしょうね。課題をするという口実のもと、お父さんの親戚をたどれるのだから」

瑠衣は黙ってうつむいていた。

が、数秒すると顔を上げた。

薄い唇を横に広げて、にやり、と笑う。隙間から、真っ白な歯が見えた。

「全部お見通しだったんだね。いつから？」

「気づいたのは、ほんのこの間、設楽町で瑠衣ちゃんがお母さんと話しているときよ。瑠衣ちゃんに『本当の父親か確かめる』っていう意図があったからこそ、その意図がお母さんにバレて、亀岡市行きを反対されたのだろうから。そうじゃなきゃ、お母さんも強硬に反対したりしないよ。思い返してみると、相談初日から、父方の調査にこだわっていたものね」

瑠衣は肩をすくめた。

「まっ、仕方ないや。今回は邑楽さんの勝ち。うちがミスったよ。外泊してお母さんがあんなに取り乱すとは、思ってなかったんだ。これまでだって平気だったし」

「平気に見せかけて、すっごく心配していたのかもしれないよ」

亀岡市で泣きながら震えていた萌の姿を思い出した。娘を放置して浮気をするダメな母親なのかもしれない。けれども瑠衣の身を案じ、無事を祈る様に嘘《うそ》はなかったように思う。

「そうなのかなあ。そうだといいけど……。邑楽さん、付き合ってくれてありがと。それにしても、全部お見通しってのは、なんか、恥ずいなあ」

「でも、楽しい夏休みだったでしょ?」

風子が訊くと、瑠衣はうなずいた。

両手を組んで、うんと伸びをする。

「あーあ、あと何日かで夏休みが終わっちゃうかと思うと、嫌だなあ。先祖を探してさ、三百年前とか、一千年前とかの話をしてると、学校ってのが、急に窮屈なところに思えてきた」

瑠衣は欠伸を嚙《か》み殺している。

「課題は結局どうするの?」

「うーん、ぐうたらで働かない宗一郎さんの話でもするかなあ。面白おかしく発表すれば、ウケそうだし。良くも悪くも、諦めがついてよかったよ。自分の顔も、性格も、家族のことも。自分の思い通りにはいかないもんだね」

場末のクラブのママのように、低い、しわがれた声で言った。そのませた口ぶりに、風子は吹き出しそうになった。

「そういえばさ、うちのパパ、邑楽町ってとこ、知ってたよ。パパがやってるキャバクラって、外国人の女の子も結構雇ってるんだけど。ブラジル人の子たちが、そのあたりの出身なんだって」

コーヒーを持つ風子の手が止まった。

「えっと、確か……邑楽町の隣の町にブラジル人が多く住んでた気がするけど」

風子は自分の記憶をたどった。

児童養護施設で育ったから、近隣住民との交流はほとんどなかった。通っていた学校もすべて公立で、学区制だったから、同級生に在日ブラジル人の子がいることもなかった。思いのほか、地元の情報を知らなくてがく然とした。

母を探すにあたって、邑楽町内を調べたことはある。だがその近隣の市区町村は盲点だった。

「お父さん、他に何か言ってた？」

「うーん、覚えてない。うちはあんまり詳しくないし」

風子の食いつきに、瑠衣は困惑した様子だ。

間もなく新幹線は東京駅に着いた。

別れ際、萌は重ね重ね、風子に礼を言った。瑠衣は萌と一緒に歩き始めたが、急にこちらを振り返り、一人で戻ってきた。

別れの挨拶《あいさつ》でもするのかと思いきや、全く明後日《あさって》なことを言った。

「前から聞きたかったんだけど。邑楽さんって、何か運動してるの？」

「運動？　別にしてないけど」

「なーんだ。やせの大食いかあ。よく食べるのに、どうしてモデル体型なんだろうって思ってたんだよね。体質なのかなあ。うらやましい」

女子中学生は何を言い出すか分からない。戸惑っていると、何気ない調子で瑠衣は続けた。

「あ、あとさ。事務所の下の喫茶店の店主？　戸田さんだっけ？　あの人と邑楽さん、できてるの？」

「えっ、戸田さんと？」

驚いて、大きな声が出た。

「そんなわけないじゃん。あの人、まだ既婚者だよ」

「まだ？　まあ、いいけど……仲良さそうだったから」

風子は困惑した。戸田康平とは親しくしているが、恋愛感情を抱いたことは一度もない。康平には失踪《しっそう》した妻、昌子がいる。その昌子と風子は、もっと仲が良かった。

「ありがとね。元気でね」

瑠衣はそう言って笑うと、プラットホームをずいずい進んでいった。萌に追いつき、二人は何か言葉を交わしながら歩いていく。

二人の背中を見送りながら、風子は胸がぐっと絞めつけられるのを感じた。

反発しあっていても、母と子なのだ。親子だからといって相性がいいとも限らない。問題のある母親も多いだろう。だが母親を知らないと、良いのか悪いのかすら分からない。

背中が見えなくなるのを待って、頭を横に振った。思考を先ほどの話題に戻す。ブラジル、邑楽町……。風子はスマートフォンを取り出した。

邑楽町、ブラジル、とインターネットで検索する。すぐに出てきた。邑楽町の隣、大泉町《おおいずみまち》にブラジル人が多く住む地域がある。

消えた母は、ブラジル風のバナナの揚げ物をよく作っていた。大泉町にゆかりがあるのだろうか。

速まる鼓動を抑えながら、雑踏の中に一歩踏み出した。

第三話　焼失戸籍とご先祖様の霊

1

十月中旬、気持ちの良い秋晴れの日だった。杉並区の住宅街を歩いていると、どこからともなく子供たちの笑い声がした。歩道の脇《わき》のブロック塀からはシラカシの枝がもっさりと顔をのぞかせ、緑の葉が陽《ひ》の光を浴びてつやつやしている。

何度も地図アプリを確認しながら、右に曲がり、左に曲がり、もう一度左に曲がった。道幅は狭くなり、古い一軒家ばかりが並んでいる。子供の声がだんだんと遠くなる。深い青紫色のリンドウが数軒先の庭で咲いているのが見えた。リンドウの横を通るころには、あたりはしんと静まり返っていた。昼前なのに台所の音も聞こえない。どこからか煮物の匂《にお》いだけが漂っていた。

不安になりながらも、右に曲がると、急に明るい声が出迎えた。

「風子ちゃん、こっちこっち」

小柄でふくよかな女性がせわしなく手を振っている。刺しゅう入りの白いチュニックの下にピタッとした黒いスラックスを合わせた姿だ。鮮やかなレモンイエローのストールを巻いた首の上には、人のよさそうな丸顔がのっている。

戸田昌子だ。

風子の探偵事務所の下の階にある喫茶店「マールボロ」の元女主人だ。一年ほど前、「好きな人ができた」と書き置きを残して家を出た。「マールボロ」は夫の康平が一人で切り盛りしている。

「大丈夫？　道分かった？　だから駅前で集合にしようっていったのにさあ。あはは、意地張るんだから」

最後に会ったときと一つも変わらない口調で言い、風子の肩を叩《たた》いた。

昌子から突然電話があったのは、一週間前のことだ。

「あー風子ちゃん、わたし、昌子よ、そうそう。ご無沙汰《ぶさた》ね。あっ、あの人には言わないでね。色々あるのよ。うん、わたしは元気よ。楽しくやってる」

電話越しでの昌子は相変わらずあっけらかんとしていた。

五年前、人づてに紹介を受けたときと何も変わらない。

当時の風子は事務所を開くための物件を探していた。昌子は千駄木《せんだぎ》一帯にまとまった土地を持っている、いわゆる「土地持ち」だ。店子《たなこ》として喫茶店を営んでいた康平と恋仲になり、康平を婿《むこ》に迎えたらしい。以来、不動産管理のかたわら喫茶店の店頭にも立っていた。その二階が空いているからと、比較的良い条件を提示してくれたのだ。

入居を決めたのは、条件の良さはもちろんだが、大家の昌子の明るさに惹《ひ》かれたというのも大きかった。昌子は間違いなく生活にゆとりがあるはずだが、これみよがしな華美さはなく、大らかで陽気だった。

歳《とし》は風子と十個ほど離れている。旅行に行けばお土産《みやげ》をくれ、今日は特売日だと教えてくれたり、年末になるとつきすぎた餅《もち》を分けてくれたり。大人になってから初めてできた友人であると同時に、姉のような母のような感じすらあった。

どこにいるのか、何をしているのか、尋ねたかった。けれども詮索《せんさく》を許さない雰囲気を昌子は発している。よくしゃべる女だが、他人からの質問には答えないのだ。

「それがさあ、探偵の風子ちゃんに依頼なの。うちの甥《おい》っ子……弟の一人息子なんだけど、ちょっと難しい子でねえ。弟の奥さんの先祖を調べて欲しいのよ。え？ なんでって？ まあ、細かいことは現地で説明するわ。見たほうが早いからね。うんうん、そうそう。で、いつなら空いてる？」

終始こんな感じで、何も分からないままに昌子と会う日程を決め、集合場所を決めた。

電話で聞いた限りでは、嫌な予感がしていた。

「嫁の先祖を調べて欲しい」という依頼はまれにある。たいていは舅《しゅうと》、姑《しゅうとめ》からの依頼である。孫に問題行動が生じたときに、嫁側の遺伝的素質ではないかと疑ってかかるのだ。嫁本人の同意がないと調査はできないといって断ることもあるし、嫁側が「潔白を証明したい」と調査に同意することもある。

いずれにしても気持ちの良い調査ではない。昌子はさっぱりとした性格で、小姑《こじゅうと》として意地悪な動きをするとも思えないが、やはり身内でのことは分からない。

風子は困惑しながらも断り切れず、約束の日時に集合場所にやってきたのだった。康平には何も言わなかった。もともと出張が多いから、事務所を出るときにも怪しまれていないだろう。

戸田、と表札のかかった家を見上げる。

昌子の弟夫婦の家は、こぢんまりとした一軒家だった。クリームがかった白壁の二階建てで、窓枠や屋根は赤茶に塗られている。古くも新しくもない。本当に平凡な家だ。

「千駄木のあたりにすればいいのに、奥さんがこっちに家を建てるって聞かなくてねえ」

昌子はぼやいた。聞いている風子からすると、夫の一族が住むエリアを外したいという妻の気持ちも分からなくはなかった。

「あっ、こんにちはー。昌子です」

昌子はインターホンを押して、いつもの明るい調子で言った。

すぐに扉が開き、三十代後半くらいに見える女が出てきた。長い黒髪を後ろで一つに縛っている。骨ばった神経質そうな人だ。

「戸田裕美《ゆみ》といいます」

裕美は風子に向かって猫背のまま一礼した。

「ちょうど今見られますから。こちらへ」

小声で言うと、裕美は二階へ続く階段を指さした。風子たちはコートや荷物を下ろす暇もなく裕美に続く。裕美は二階の部屋の前につくと、ノックもせずにドアを開けた。

異様な光景が広がっていた。

電気もつけず、カーテンはきっちりしめられている。廊下の電灯が漏れ照らしてやっと中が見えた。部屋の中央、カーペットを敷いた床の上に十歳くらいの男の子があぐらをかいて座っている。その脇にはルーズリーフの紙束が置かれていた。男の子はその中の一枚をつまむと、対角線を折るように二つ折りにして、折った部分の中央を口にくわえた。

紙をくわえたまま、男の子はじっとしている。視線はどこにも定まらず、何も見えていないかのようにぼおっとしている。ルーズリーフの紙が唾液《だえき》でべとべとになったところで、口から外し、その紙を両手で引っ張った。唾液で濡《ぬ》れていた部分がびりびりと破れた。

「ハヤチネサン、ロッコウシサン、ゴヨウザン、シロミヤマ……」

男の子の口から低い声が漏れた。十歳ほどの子供の声とは思えなかった。低い、大人の男の声だ。

裕美は「諒《りょう》くん」と声をかけたが、男の子は反応しない。

諦《あきら》めたかのように扉を閉めると、リビングルームへと降りて行った。

「こういう状況なんです」

ため息をつきながら、裕美はホットコーヒーをポットから注《つ》いだ。事前に淹《い》れてあったのだろう。芳《こう》ばしいナッツのような香りが広がる。勧められるままに口をつけると、酸味の薄いまろやかな味わいだ。外を歩いて喉《のど》が渇いていた。温かい飲み物にしては珍しく、ぐいぐいと飲んでしまった。

小皿にチーズケーキが添えられている。「こちらもどうぞ」と裕美は勧めたが、その口調は打ち沈んでいる。呑気《のんき》にケーキに手を出してよい雰囲気ではなかった。

裕美をちらりと見て、昌子が口を開いた。

「ちょうど去年くらいからかな。前触れもなく、急にああいう感じになるんですって。それで、病院で調べてもらったり、色々したのよね？」

裕美はうなずいた。

「結局よく分からないんです。ストレス性の何かだろう、歳を重ねると収まることもあるから、様子を見ましょうと言われています。本人は、発作中のことは何も覚えていないみたいで。発作後に自分がしたことに驚いて怯《おび》えるんです。それが可哀想《かわいそう》で……」

裕美の言葉が途切れそうになると、昌子が話をせっついた。

「それで、近くのお寺で見てもらったのよね？」

「はい。ご先祖様の霊がたたっている。ご先祖様をしっかり供養しろと言われました。私の父方の先祖を調べてもらえないでしょうか」

裕美は身を乗り出し、風子を見つめた。重そうなまぶたの下から小さい黒目がのぞいている。決意は固そうに見えた。

だが風子のほうは困惑を深めるばかりだった。調査対象が裕美の父方に限定されているのは不自然に思えた。一般の人が想像する以上に先祖の数は多い。先祖供養といっても、その一部の筋を選び取って供養している場合がほとんどだ。裕美の言うように「先祖の霊のたたり」が原因だとしても、原因となった先祖を探し当てるのは容易ではない。

「裕美さんの父方の先祖ですか。諒くんから見て先祖というと、ご主人の戸田家のほうもありますし、裕美さんの母方の家系もありますが……」

「母は北海道の出ですが、親戚《しんせき》も多くて先祖供養はしっかりしています。夫、戸田家のほうも同様に、年中行事も欠かさないようにしていますし、墓もきちんとしています」

裕美は昌子に目配せをしてから続けた。

「一方、うちの父の家系は、東北の出と聞くだけで、詳しいことは分からないのです。父も語りたがりませんでしたし、父方の祖父母に会ったこともありません。きっと私の父方の先祖に原因があるんだと思うのです」

話の筋は見えてきた。

先祖供養が不十分なせいで息子の諒に発作が出ている可能性がある。供養が十分でないと思われるのは裕美の父方だけだ。だが供養しようにも、詳しいことがなにも分からない。だから先祖探偵に調べて欲しいというわけだ。

　理解できても、困惑は収まらなかった。

「もちろん先祖は調べますが、それで諒くんの発作が収まるかというと――」

「うんうん、いいのよ、風子ちゃん。そりゃそうよ、先祖のたたりとか言われてもねえ。わたしたちも全部信じてるわけじゃないのよ。でも諒くんの様子を見たでしょ？　藁《わら》にもすがりたい気持ちってこのことなのね。望みが薄くても何でもしようって裕美さんと話して決めたのよ」

　昌子が前に出て、ちゃきちゃきと話をまとめた。

「わたしも手伝うからさ。最近けっこう暇なのよ。お店に立たなくていいとなると、やることないのよねえ。あはは」

　昌子の表情を盗み見る。笑うと頰《ほお》が膨らんで、より一層丸顔になっている。えくぼがくっきり出ていた。

　暇なのよと言って、ひょっこり店に戻ってきてくれないだろうか。そう期待している自分がいた。昌子がいなくなってからというもの、「マールボロ」や康平には火が消えたように暗い雰囲気が漂っている。それに引きずられて、二階の風子の気持ちも晴れない。けれども昌子の様子を見ると、暇なら暇で何か新しいことを始めそうだ。前に進むことはあっても、もといた場所に戻ってくることはないように思えた。

「分かりました。とにかく調べてみましょう」

風子は委任状を取り出して、裕美に今後の手続きの説明をした。

裕美は何も質問せず、大人しく委任状にサインをした。帰り際に一言、「どうか、お願いします」と言って、深く頭を下げる。頭頂部には、十円玉くらいの大きさのハゲが二つ浮かんでいた。


二週間後、取り寄せた戸籍を持って戸田家を再び訪れた。いつもなら事務所に来てもらうのだが、昌子が行きづらいという。

「戸籍は一番古いものまでたどると、明治十九年のものまで取得できます。が、今回は昭和二十三年までしかたどれませんでした。戦時中に大きな山火事があり、出張所に一時保管されていた戸籍が焼けてしまったみたいです。戦後になって、改めて戸籍を作り直したようですが」

「そんなことって、あるの？」

昌子が目を丸めた。

「結構ありますよ。特に終戦前後はかなり混乱していたみたいです。ハワイやブラジルの移民が帰国したときに、日本の役所にあったはずの戸籍が焼けてしまって無戸籍になってしまったり、新たに出生届を出そうにも領事館が引き上げてしまって出生届が出せなかったり……」

「焼けてなくなった戸籍を作り直したりはしないわけ？」

「臨時戸籍を作ったりしたみたいですけど、焼失前の戸籍を完全に再現できるわけではないので」

台所からコーヒー豆を挽《ひ》く音がした。同時に、ふんわりと芳ばしい香りが漂ってくる。

裕美はコーヒー派のようだ。シュークリームと一緒にコーヒーが出てきた。銘柄は分からないが、前回よりも深いコクと苦みのある味だった。一気に飲むには濃厚すぎて、ちびちびと口をつける。身体《からだ》の芯《しん》がほどけて、じんわりと温まっていくような気がした。

昌子が遠慮なくシュークリームに手をつけたので、それを見て風子もシュークリームを頬張った。サクサクとした食感に続いて、とろりとしたカスタードクリームが出てくる。甘みであごの奥が心地よくしびれた。コーヒーを再度飲むと、口の中がすっきりとした。

平日の昼間なので、諒は学校に出かけているという。今のところ学校で発作を起こしてはいないが、いつ起こすとも限らない。諒以上に、裕美はそれを恐れているそうだ。

「父は岩手の出身だったのですね」

戸籍を見ながら、裕美は言った。

たどれたのは、彼女の祖父母の代までだ。祖父は昭和五年生まれの阿部万一《あべまんいち》という。祖母は昭和二年生まれの節子《せつこ》だ。本籍地は「岩手県上閉伊《かみへい》郡達曽部《たつそべ》村」となっている。

「町村の統廃合で、今は遠野《とおの》市となっている地域です」

風子は古地図を数枚出して、戸籍作成時の住所と現住所を照合してみせた。

「遠野市の市街地から、山のほう、立丸峠《たつまるとうげ》を抜ける道があります。昔は旅人でにぎわっていた街道です。この街道から脇の山に入ったところに大徳《おおとく》という集落があります。どうやら、おじいさま、おばあさまの本籍地はその集落だと思われます。ただ――」

今度はスマートフォンの地図アプリを開いて、集落付近の空中写真を見せる。

「寂しい集落です。民家は八軒確認できるだけ。おじいさまとおばあさまの本籍地があったと思われる場所は更地になっています。空中写真だと墓の有無はよく分かりません。現地に行ってみて墓を探すか、近隣の住民に聞き込みをしてみるか。地元の資料館などに何か記録があればラッキーですし、あとは近隣の寺院を当たってみるくらいしか、できることがありません」

歯切れの悪い説明になってしまう。電話帳を見てもこのあたりの登録はない。現場に行ってみて、どのくらいの情報が出てくるか、といったところだ。

「是非、現地を調べてください」

裕美は猫背をさらに丸めて頭を下げた。

昌子が明るい調子で割り込む。

「うんうん、調べるわよ。ねっ、風子ちゃん。わたしも一緒に行くからさ。ついでに温泉入ってこようよ。裕美さんも来られればいいのにねえ」

裕美は首を横に振った。

夫、つまり昌子の弟は関西に単身赴任している。息子の諒を一人残せないから、家を離れられないという。不気味な発作に襲われている息子と二人きりで、この静かな住宅街に暮らすのは、相当辛《つら》いだろう。何か役に立てればと思うものの、風子には先祖を探すことしかできない。

先祖を探したところで、どうなるとも思えなかった。風子は無神論者ではないし、八百《やお》万《よろず》の神々などは素朴に信じていた。だが心霊体験をしたこともないし、呪《のろ》いやたたりの存在を実感したこともない。一方で、不可思議な現象を否定するほどの根拠があるわけでもない。現在の科学では証明できないだけで、幽霊や呪いは存在するのかもしれない、とも思う。

いずれにしても、心理的なものが原因なら、心理的な要素で解決できるはずだ。先祖を明らかにして供養し、裕美の心が晴れれば、それが伝播《でんぱ》して諒の気持ちも落ち着くかもしれない。

「とにかく調べてみましょう」

前回と同じ言葉を残して、戸田家を後にした。

2

東北新幹線で盛岡市《もりおか》まで二時間ちょっと、早い昼食をとってそこからレンタカーで一時間半かけて片側一車線しかない山道を進み、やっと大徳に着いた。

あたりはすっかり紅葉していた。ブナにカエデ、ナラ、ウルシ、紅葉の博覧会ではないかというくらい様々な種類の木々が場所を争うように葉を広げている。

「わたし、ちょっと車酔いしたかも」

助手席の昌子が窓を少し開けた。

イチョウの木がどこかにあるらしい。外気と共に、銀杏《ぎんなん》が踏みつぶされたときの強烈な臭《にお》いが漂ってきた。

「車を運転してれば酔わないんだけどなあ」

昌子はそう漏らしたが、風子は運転を替わろうとは提案しなかった。

前に一度、昌子が運転する車に乗ってホームセンターに行ったことがある。昌子の運転は下手ではないのだが、ハンドルから両手をパッと離して「ねえねえ、そういえばさ」と話しかけてきたり、減速なしで急カーブをきったり、なんだか危なっかしい。本人はそれでもゴールド免許だというから、よほど運がいいのだろう。

午後二時過ぎ、陽は高くのぼっていた。窓から入る空気はきりりと涼しいが、気持ちのよい冷たさだ。

片側一車線の道路を逸《そ》れて、舗装もされていない道へと分け入る。砂利が敷かれているようで、車がガタガタと揺れた。勾配《こうばい》はかなり急で、道幅は車がやっと一台通れるくらいだ。反対側から車がやってきたら、どちらかがバックで道を空けてやる必要がある。やや緊張しながら道を進むと、数分で開けたところに出た。

本当に小さな集落だった。山の斜面を切り開いて、段々畑を作っている。稲の収穫はもう終わったらしい。刈り取られたあとの田の脇でススキが揺れていた。数十メートルおきに民家があるのが見えた。

初雪はまだ観測されていなかったが、紅葉が終われば一帯は雪に覆われるだろう。そうなると、集落の外どころか民家同士を行き来するのも一苦労になりそうだ。

田畑の間の道は、かたちばかり舗装されていた。一度舗装されたものの、維持や修復の予算はなかったらしい。端のほうからヒビが入り、その隙間《すきま》には雑草が生えている。稲刈り機や手押し車くらいなら通れそうだが、乗用車が通る幅はない。車から降りて徒歩で回るのがよさそうだ。

まずは裕美の祖父母の本籍地へ向かう。古い地図を頼りにこのあたりだ、という場所に歩みを進めた。そこは案の定、更地だった。

過去に建物が建っていたらしいことは分かる。横長に広い空間に土が広がって、その部分だけ雑草が少ない。周囲は膝《ひざ》くらいまである雑草に覆われていた。風子は雑草へと分け入った。

「ちょっと、そんなところも調べるの？」

少し離れたところから昌子が声をかけた。

「家の裏手や庭だった場所に、墓や石碑が残されていることがあるんですよ。昌子さんはそこにいてください」

汚れそうなのは分かっていたから、エドウィンのインディゴデニムに防水ブーツを合わせていた。白いパンツを穿《は》いた昌子には腰を下ろせる場所すらないだろう。

雑草の間を十分以上かけて探ったが、何も出てこなかった。

五百メートルほど離れたところに共同墓地がある。墓石は五つしか立っていなかった。家は八軒あるが、親類同士で墓は一緒のところがあるために、墓石は五つで足りるのだろう。一つずつ見て回るが、「阿部家」のものはない。

「近隣の家に訊《き》いて回りましょう」

昌子に声をかけると、さらに歩く。

「やっぱりさ、ちょっと小腹がすいたよね」

風子の一歩後ろで昌子が言った。

昌子がどうしてもと言うから、昼前の早い時間に駅前の専門店で冷麺《れいめん》を食べた。つるりとコシのある麺はのど越しがよく、細切りの牛チャーシューは甘辛で柔らかい。ほどよい酸味の効いたスープもうまかった。けれども確かに腹持ちはしない。風子も少し腹が減ってきていたが、あえて口には出さなかった。風子が言わないことをあっさり言ってしまうのが、昌子なのだった。風子にとってそれが羨《うらや》ましくもあり、時には鬱陶《うっとう》しくもある。

腹が減ったなどと言ってもどうしようもない。盛岡市から山をぐるりと迂回《うかい》して峠を越えてきた。市街地の宿に行くまで、軽食が出るような店すらないだろう。

数分歩いて、「佐々木《ささき》」と表札の出ている家まで来た。距離はあるが、阿部家のお隣さんということになるだろう。木造の平屋で、縁側の窓は雨戸が閉まっている。車はとまっていない。外からだと中に人が住んでいるかどうかすら分からない。ただ、家の前の茶色い郵便受けを見ると、取っ手の部分だけ艶《つや》やかに光っていた。人の手が定期的に触っている証拠だ。

玄関先にある古びたインターホンを押すと、思いのほか大きな音が出た。耳が遠い住民用に改造してあるようだ。中からごとり、と音がした。けれども住民は出てこない。念のため、もう一度インターホンを押す。

がたがたがた、と建付けの悪い横開きの戸を開くような音が聞こえた。ゆっくりとした足音が続く。昌子と顔を見合わせ、そのまま待った。

玄関のすりガラスの奥に小さい人影が浮かび、戸は急に開かれた。田舎ではよくあることだが、玄関の施錠をしていなかったようだ。

八十は確実に超えているであろう老婆だった。肌艶はいいが、大きなシミがいくつか散らばり、パッチワークのような顔をしている。長年の野良仕事によるものだろう。手足は細いが、腰回りにはたっぷりと肉がついていて、幼いころに施設で読んだ本に出てきたハンプティダンプティを思わせた。

老婆はいぶかしそうにジッと風子たちを見た。

風子は慌てて、名刺を差し出した。いつもなら近隣住民には事前に連絡をとっておく。だが今回は住民の名前どころか、実際に住んでいるかどうかも分からなかった。

老婆は「はあ?」「え?」と数度聞き返したが、思い出したように青いチェックの半纏《はんてん》のポケットに手を突っ込み、補聴器を取り出した。補聴器をつけてからは急に話の通りがよくなった。

「へえ、東京から……探偵さんなんて、テレビでしか見たことない」

感心したようにしきりにうなずく。悪くない感触だ。飛び込みの場合、そもそも住民が出てこないことも多いし、探偵を名乗ると「お引き取りください」とけんもほろろに門戸を閉められる場合もある。こうやって話を聞いてくれる人は、向こうからも話をしてくれる可能性が高い。

期待をしながらも、恐る恐る切り出す。

「それで今回は、阿部万一さんのおうちのお話をうかがいたくて――」

「知らんね」

老婆が急に大声で言った。表情は一転、目を見開いたまま風子をにらみつけた。

「阿部さんとこの話は、おらはなんも知らん。帰ってくれ」

きっぱりとした口調だ。

「しかし、お隣さんでしたよね。今は阿部さんのうちはありませんが――」

「知らんって。隣だなんて、迷惑ばっかかさんざ、かけられて。さあ、帰ってくれ」

老婆はあごを上げて、戸口を指した。追い立てられるように、二人は外へ出た。

「なによお、急に。変なの」

昌子は口を尖《とが》らせた。

「冷たくされるのは珍しくはないですよ。阿部さんの名前を出した途端に態度が硬くなったのは気になりますが。でも収穫はゼロではないです。阿部さん一家がお隣だったってことは認めたわけですから」

気を取り直して、他の民家へと歩き出そうとしたとき、昌子が声を上げた。

「ねえ、あれ何だろう？　お墓？」

昌子が指さす先には、石碑が立っていた。家から数メートル離れた、裏山の森と家の境のような場所だ。足音を立てないよう慎重に近づく。勝手に石碑を見ていたとバレると、先ほどの老婆は怒るだろう。

「長袖《ながそで》……って書いてある？」

昌子が言った。風子もうなずく。

膝くらいまでしかない小さな石碑だ。新しくはないが、苔《こけ》があまり生えていないことと、四隅のうち二つはまだ角があることから、百年は経《た》っていないように思えた。

拓本《たくほん》をとるまでもない。正面には大きく「長袖」と刻まれていた。プロの彫り師の仕事ではない。あまりにも直線的でぎこちない、下手な字だ。地元の住民が彫ったのだろう。

側面や裏には一文字も彫られていない。

「これは何でしょうね。初めて見ました」

スマートフォンで写真だけ撮って、他の民家へ行く。二軒は不在だった。残る五軒の反応は最初の老婆とほとんど同じである。最初はにこやかに対応されるのに、阿部家の話題を出した途端、「帰ってくれ」と言われた。

そして驚くことに、どの家の庭にも「長袖」と彫られた石碑が立っていたのだ。八軒の民家に八つの「長袖」碑。

「なんだか不気味で嫌だわ」

帰りの車の中で昌子が言った。風子はあえて口にしなかったが、同じことを考えていた。

一瞬、車内は静まり返った。よくしゃべる昌子が口を閉じると、すぐに沈黙が訪れる。

しかし、まもなく宿について、食事が出るころには昌子は再び元気を取り戻していた。

囲炉裏《いろり》のある旅館だった。竹串《たけぐし》に刺した山女魚《やまめ》を囲炉裏の周りに置いて、化粧焼きにしてある。炭の芯がほの赤く光っては消え、光っては消えを繰り返している。古新聞が焼けるような煤《すす》けた匂いを嗅《か》ぎながら、山女魚の串を一本引き抜いた。

口に入れると苦さと塩気がちょうどいい。魚でもさもさした口の中にどぶろくを流し込む。地元で造っているというどぶろくは甘口で、素朴だが華やかな香りがした。ほんのりとした酸味が効いて飲みやすい。

しばらくすると、野菜と羊肉が盛られた大皿と円形の鉄板が出てきた。ジンギスカンは北海道のイメージだが、遠野一帯でもよく食べられているらしい。タレに漬けた羊肉を焼くのではなく、肉を焼いてから甘辛いタレにつけて食べる。臭みの少ない引き締まった味だ。脂の甘みがタレの辛さと混ざり合う。白米が欲しくなったが、焼いたキャベツに挟んでもう一口食べた。

一通りジンギスカンを食べ終わったころに、鍋《なべ》料理が続いた。「ひっつみ鍋」という。小麦粉をこねて薄く伸ばしたものを手で引きちぎって鍋に入れてある。手で引きちぎることを方言で「ひっつみ」と言うため、この名称になっているらしい。鶏肉《とりにく》や根菜、キノコもたっぷり入っている。ひっつみにはプルプルとした弾力があり、箸《はし》でつかみにくいほどだ。一口かじると出汁《だし》がじわりと口の中に広がる。はふはふしながら、食べ終えた。

締めにはキノコの炊き込みご飯が出て、腹がいっぱいになった。

昌子と風子は食事に夢中で、ついつい言葉少なになっていた。食事の後にほうじ茶が出て、ひと息つくころにやっと互いの顔を見た。

「明日以降はどうするの？」

「地元の図書館で調べてみましょう。何か記録が残っているかもしれませんから」

「そっか。明日以降もやることは色々あるのねえ。風子ちゃんの仕事も大変だね」

昌子は湯飲みに口をあて、酒でも飲むようにくいっとほうじ茶を飲み干した。

「仕事、ずっと一人でやっていくの？　事務員とかさ、助手を雇ったりしないの？」

昌子は何気ない感じで訊いた。ちらりとこちらに投げられた視線には、好奇心よりも心配の色が浮かんでいる。

「一人が楽なんです。人を使うなんて私にはできませんよ」

言葉に嘘《うそ》はなかった。児童養護施設や学校、アルバイト先などこれまで所属していた組織に馴染《なじ》めたことはない。親しい友人もできず、だがそれで寂しく感じることもなかった。一人で何でもできるような気がしていたし、一人でできないことは別にやりたいとも思わなかった。誰《だれ》かといる安心感よりも、誰かといるストレスのほうが大きいのだ。

昌子は例外だった。誰とでも仲良くできる女だ。人の心にするりと入り込む水のようだった。しかも、冷たい水ではなく、程よく温かいお湯である。

友人と呼べる人は今後もできないだろうと覚悟していた風子にとって、昌子との出会いは大きな発見だった。人づき合いに向いていない自分も、人づき合いがうまい人とならつき合えるのだ。相手の対人能力に寄りかかったような関係性だ。もらっているものが多すぎて後ろめたくも思うが、昌子のほうは何も気にしていないように見えた。

風子はぽろりと訊いてみた。

「どうして家を出たんですか」

昌子は目を丸めて見つめ返してきた。

「あれっ？　風子ちゃん、あの人から聞いてないの？　わたし、好きな人ができたから、その人を追っかけようと思って」

あっさりとした口調だ。

「いや、それは聞いてますけど。本当なんですか、それで家を出たって」

つい昌子を責めるような口調になってしまった。落ち込む康平を見ていたから、康平の肩を持ちたい気持ちもあった。それに風子も一緒に見捨てられたような感覚さえ抱いていた。昌子は風子を含めた近隣住民との生活や関係も含めて全部、捨てて旅立ったのだ。

「別にいいでしょ。わたしたち夫婦には子供がいなかったんだし。二人だけのことじゃない」

昌子は急須《きゅうす》を持ち上げると、ほうじ茶をもう一杯ぶん注いだ。二人の間に芳ばしい香りが広がった。

「好きな人とはうまくいってますか？」

「まあねえ」

にっこり笑った昌子の頰にえくぼが浮かんだ。それを見てなんだか安心した。昌子が幸せならそれでいい。捨てられた康平は可哀想だが、昌子の言葉通り、それは二人だけのことである。風子が口出しするようなものではない気がした。

「明日もやることあるんだし、さっさと温泉入って寝ましょうよ」

会話をまとめると、昌子はほうじ茶を飲み干して立ち上がった。

その言葉通り、昌子は風呂《ふろ》に入るとさっさと寝てしまった。隣の昌子の寝息を聞きながら、風子はなかなか寝つけずに、布団で丸まっていた。

心の中にわだかまりがあるのを感じつつも、正体をつかみきれない。何に悩んでいるのかも分からなかった。ぐるぐると頭の中で考えがまとまらない。やっと意識がまどろみ始めたころに、ふと思い至った。

風子の母も、昌子のようにどこかで幸せに暮らしているのだろうか。不幸になっているよりは幸せであってほしい。けれども自分の知らないところで幸せな母というのも、奇妙で寂しい感じがする。

最後に母と話したときのことを覚えている。母は厳しい口調で言った。

「あんた、自分の名前を忘れなさい。お母さんの名前を聞かれても、自分の名前を聞かれても、分からない、と答えなさい」

なんで、と訊いても母は答えなかった。頑として「すべて分からないと言いなさい。忘れなさい」と言ったのだ。

捨てられたと思い、当初は泣いてばかりいた。けれども子供は柔軟なもので、実際すぐに忘れてしまった。今となっては自分の本当の名前も、母の名前も顔も、住んでいた地名も浮かばない。

忘れるんじゃなかった、と後悔することもある。だがそんなこと、今更考えても遅い。

母に対して怒りを感じることもあったが、そんな感情は長続きしなかった。輪郭がはっきりしない相手に対しては、抱く気持ちもあいまいになる。慕うことも憎むこともできなかった。

ただ知りたい。母はどんな人なのか、どうして離れ離れになったのか。

母はおそらく六十前後だ。事故や病でもない限り、生きているだろう。けれどもタイムリミットは確実に近づいている。他人の先祖を探している場合ではないのかもしれない。

頭を下げた裕美の姿が脳裏に浮かんだ。仕事なんだから、しっかり調べよう。図書館に行って、近隣の寺院に聞き込みをして、やることはいっぱいある――そう考えているうちに、いつの間にか眠りについていた。

翌朝、簡単に朝食を済ませた。鮭《さけ》の塩焼き、山菜の漬物に卵焼きを食べ、追いかけるように白米を口に入れる。新米らしい。つやつやと輝いて、ふっくらと炊き上がっていた。身支度を済ませて宿を出ると、地元の図書館へ向かった。開館と同時に入館し、郷土資料室で大徳周辺について漁《あさ》る。

昭和の初め頃《ごろ》までは大徳集落も賑《にぎ》わっていたらしい。盆踊りや酒造りの写真が残されていた。資料室で詳細な古地図を見ると、民家は今の三倍近くある。人は三倍以上いただろう。

地元紙によると、大徳を管轄する菩提寺《ぼだいじ》はない。隣の集落に松山信枝《まつやまのぶえ》という高齢の巫女《みこ》がいて、集会所に出向いて近隣住民の祭事を執り行っている。ミコサン、あるいはオカミサンと呼ばれ親しまれているらしい。

過去の祭事の記録を見れば、阿部家の足跡をたどれるかもしれない。信枝本人から話を聞ければなお良い。

信枝の自宅の電話番号は、古い電話帳に載っていた。アポイントをとろうと早速電話をかけると、「夕方から祭事が入っているから、昼過ぎまでなら会える」という。電話口は信枝本人だった。声はしわがれていたが、しっかりとした話しぶりだ。耳もよく聞こえるらしく、こちらの言うことを訊き返すこともなかった。

閲覧室にいる昌子にこれからの予定を伝えようと、戻りかけたところでスマートフォンが震えた。信枝からかと思って出ると、相手は康平だった。

「何？　どうしたの？」

図書館の外に慌てて戻って、小声で言う。昌子と一緒にいることがバレてはいけない。

「どうしたのって、郵送物が届いたら教えて欲しいと言ってたじゃないか」

康平が呆《あき》れたように言った。

「法務局から封筒が来てるが」

「開けて写真をメールで送ってくれない？」

数分後に届いたメールには、旧土地台帳の写真が添付されている。不動産登記では過去五十年ほどしか遡《さかのぼ》れない。だが旧土地台帳を取り寄せると、明治初期のころからの土地の所有者の変遷をたどることができる。

阿部万一の本籍地にあたる土地は、代々阿部家が相続して承継しているようだ。万一の前は万作《まんさく》、万作の前は万平《まんぺい》となっている。万作は裕美の曽祖父《そうそふ》、万平は曽祖父の父ということになろう。これが裕美の父方、阿部家を書類上たどれる限界である。

「どうかした？」

昌子の声がして、素早くスマートフォンをしまった。隠す必要もないのだが、康平という文字を昌子の視界に入れないほうが良いような気がした。昌子は、図書館から出て戻らない風子を探しに来たらしい。

信枝のことを説明すると「それじゃ、腹ごしらえしてから行きましょうよ」と言った。この近くに美味《おい》しい蕎麦屋《そばや》があるという。

昌子の案内に従って、古民家風の蕎麦屋に入った。カウンターは三席あるが、トレイや袋といった荷物で埋まっている。広々とした座敷に上がって、温かい月見そばを二つ注文した。

何の変哲もないが、美味《うま》い蕎麦だった。昆布出汁がしっかりと出ているし、キノコが沢山入っていて食べ応《ごた》えがある。薬味皿に載った大根おろしのようなものが気になった。大根おろしよりは黄味がかっている。けれども生姜《しょうが》と比べると白くて透明感がある。

「これ、何でしょうね」

風子が訊くと、昌子はふふふ、と笑った。

「まあ、お蕎麦に入れて食べてごらんなさいよ」

いたずらをするような昌子の目の輝きを警戒しながら、箸の先でちょっとだけつまんで蕎麦に入れる。軽く溶かして、溶かしたところをレンゲですくって口に入れた。

「なにこれ」

口の中に爽《さわ》やかな辛味が広がった。キンキンしてはいない。角が取れてまろやかな、でもパンチのある辛さだ。食べたことのない味で困惑しながらも、もう一口飲み込む。鼻を抜けた香りには、ワサビのようにつんとした清涼感がありつつも、優しいコクがある。

「暮坪《くれつぼ》かぶ、って言うんだって。このあたりでしか作ってないの」

「これ、かぶをすりおろしたものなんですね」

「そうそう、ねっ、美味しいでしょ。他にない味わいよね。癖になるってか。わたし、前に旅行に来たときに食べて感動したのよ。そのときはあの人も一緒だったけどね。あはは」

笑っていいのか分からず、曖昧《あいまい》にうなずきながらつゆをすすった。辛いけれどもまろやかだ。昌子の康平に対する態度と重なるような気もして、より一層気まずくなった。


信枝の自宅についたのは、ちょうど正午だった。

大徳の隣の集落には二十軒弱の民家が並んでいた。国道が通っていて、国道と山の斜面の間にぽつぽつと民家がある。大きいとはいえない集落だが、大徳よりは人の気配がした。集落の端、峠に一番近い家が信枝の自宅だった。木造の古い民家で、土台の部分や屋根の部分だけリフォームした跡がある。

昼過ぎまでならいつ来てもいいと言われていたが、昼飯どきで気が引ける。一応挨拶《あいさつ》をして、食事中だったら出直すつもりでインターホンを押すと、五十代後半くらいの女が出てきた。信枝本人ではなく、娘か嫁だろう。

「ハハから話は聞いています。奥の部屋へどうぞ」

玄関からまっすぐ伸びた廊下を進み、台所に突き当たったところを右に曲がる。二間ぶんくらい進んだ奥に、小さい和室があった。尿臭い酸っぱい臭いが充満していた。介護用と思われる電動ベッドが中央に置いてある。

ベッドの上に、小柄な老女が座っていた。リクライニング式の背もたれに身を預けている。髪は真っ白だが、ふさふさとしていて量は多い。色白で、骨ばっている。目元が落ちくぼんでいて、目はほとんど開かれていないように見えた。

「おうおう、いらっしゃいね。さっきの電話のかたよね」

華奢《きゃしゃ》な身体つきに似合わない野太い声だった。

ベッド脇の小さな棚には電話の子機があった。この子機で先ほど電話を取ったのだろう。

「おらが信枝です」

信枝はこちらを見ることもなく、顔をまっすぐに向けたまま言った。

「おら、目がよう見えんす。なに、今始まったことではない。昔から弱視、って言われてた。そんでミコサンのとこに弟子入りしたった。目が見えにくいぶん、耳は未《いま》だによう聞こえるから、な」

安心してくれと言わんばかりの口調だった。娘か嫁と思《おぼ》しき女と信枝は二言三言交わしたが、どの会話も驚くほどにスムーズだった。

風子たちは近くに置かれた座布団に腰を下ろし、信枝を見上げた。煎茶《せんちゃ》が出てきたが、部屋の中の臭いがひどくて口をつける気にならない。

「今おいくつなのですか？」

昌子が無邪気に訊いた。

「九十四だな」

信枝は即答したが、脇から「九十七です」と訂正が入った。

「そんで、聞きたいこと、っつうのは？」

大徳集落の阿部家のことを調べていると話すと、信枝は首をかしげた。

「阿部さん、阿部さんね……聞いたことはあるっけ。前に大徳さ住んでた人たちだと。だけどおらはよく知らんね。おらは宮城のほうの出で、この辺りさ来たのは、七十年くらい前だったんかな。その頃には阿部さんの一家はこの辺りにはいなくなってたっけ。大徳の人たちに訊いても何も話さんけえ、よう分からんけども。でもなあ、漏れ聞いた話だと、戦争中に大きな山火事があったんだと。そんで阿部さんとこの家族の大部分は死んでしまって、家も焼けて、気の毒なことだな。残った者は町のほうへ引っ越したみたいだな」

風子は焼けた戸籍のことを思い出した。出張所に一時保管されていた戸籍が、戦時中の山火事で焼けたらしい。阿部家が燃えた山火事とおそらく同一のものだろう。

「生き残った人たちは、どうして町へ引っ越す必要があったんでしょう」

風子が尋ねると、信枝は「さあ」と短く答えた。

「よく分からん。何かあったのかもしれんけども、おらはしょせん余所者《よそもの》ですけえ、土着の人間の詳しい事情は知らん」

部屋の中で沈黙が流れた。

信枝が越してきたのが七十年前だ。それ以前に阿部家は集落から出ている。七十年以上前の事情を知っている者はそうそういないだろう。阿部家の隣、佐々木家の老婆の顔が浮かんだ。だがあのときの様子では、頑として口を割らなそうだ。

ふと、佐々木家の庭にあった石碑のことを思い出す。

「あの、『長袖』って何のことだか分かりますか？　大徳の民家の庭に、『長袖』と彫られた石碑があって、気になっていたのです」

風子としては試しに訊いてみただけで、答えを期待してはいなかった。だが信枝は何ともない様子で答えた。

「ああ、長袖さんね。そりゃあ、あんた、六部《ろくぶ》のことよ。長袖の服を着ていたから、長袖さんというのす。このあたりには六部さんは――」

「六部さんって何ですか？」

昌子が遠慮なく尋ねた。風子も六部が何だか分からずにいたが、話を遮って訊くだけの押し出しがなかった。昌子のように嫌味なく何でも訊ける人を連れて行くと便利な面もある。

「六十六部を略して、六部っつうんだが、全国六十六カ所の霊場を遍歴するお遍路さんみたいな人たちす。このあたりにも昔、街道があったからなあ」

六部は昔からこのあたりによく来ていたらしい。泊る宿屋もないから、ここらの農家に宿の世話を頼むことになる。飢饉《ききん》のひどい貧しい地域だから、身を寄せた六部を殺して金目のものを奪うこともあったようだ。そういうことをした家は、一旦《いったん》は繁栄するが、そのうちに没落すると言われている。六部殺しの逸話はこの辺り一帯で根強く残っていた。

事実が先か物語が先かは分からない。だが一旦物語が根付くと、説明機能が生じるようになる。横並びであるはずの村の中で、急に繁栄したり、急に没落したりする家が出る。そういう家を見て「あそこは六部殺しをしたのではないか」と説明するのだ。

「まあ、実際に六部殺しがあったのかっつうと、よう分からんけども、六部さんにたたられないように、石碑を建てているだろう」

各戸に一つずつ石碑が建てられている。本来なら阿部家の庭にも石碑は立っていただろう。火事でも石碑までは燃えないはずだし、集落から出るときにわざわざ壊すとも思えない。

その後もいくつか信枝に質問をするが、これといった情報は出てこなかった。そろそろお暇《いとま》しようかと思っていると、玄関のほうで張りのある若い声がした。

「すみません、お邪魔します。今日はよろしくお願いします」

「ああ、カナちゃん、こんにちは。今日もよろしくね」

信枝の娘か嫁と思われる女が玄関口で声をかけている。

風子はふと、視線に気づいて横を見た。昌子がちらちらと、こちらを見ている。意図がつかみきれず、困惑しながら見つめ返す。昌子は、もういい、と言わんばかりに視線をそらし、口を開いた。

「実は……阿部家について調べているのは、わたしの甥っ子のためなんです」

昌子は、諒の発作のこと、近所の寺では先祖のたたりだと言われたことを説明した。

「もしかすると、阿部家で昔起きたことが関係しているのではないかと思いまして。と、そんなことを訊かれても困られるとは思うのですが」

「ははは、そんなの、簡単よ」

話を聞いた信枝は顔をしわくちゃにした。

「おらはミコサンですけ、憑《つ》き物の相談はたくさん受けたった。なにも難しくない。その男の子に憑いたものを一旦、ヨリ、に移して、ヨリから話を聞けばいい」

「ヨリ、というのは？」昌子が訊いた。

「依《よ》り代《しろ》みたいなもので、誰かに憑いたものを呼び寄せて、ヨリに降ろして話をするのです。ちょうど、ヨリの子が来たよ」

信枝は首をゆっくり動かして、部屋の入り口に顔を向けた。目は見えていないはずだが、見えているかのような動きだ。

取っ付きには、二十歳《はたち》そこそこの女の子が立っていた。髪を茶色く染めて、今風のミニスカートを穿いている。

「カナといいます。信枝さんのところで、ヨリをしている者です」

そう言うと、女の子はぺこりと頭を下げた。

3

カナの説明はこうだ。

ヨリは、ヨリダイや代人《ダイニン》とも呼ばれる末端の宗教者だ。他の者によって神霊を憑依《ひょうい》させられ、神霊に口を貸して語らせる。ヨリになる者はたいてい女性だが、過去に何かにとりつかれて、神職に助けてもらった経験を持つ者が多い。

ヨリによる憑祈禱《ヨリきとう》は昭和四十年頃まで盛んに行われていたそうだ。その後一時途絶えそうになったが、最近になって若いヨリが増えているという。

「東北で大きな地震があったでしょう。私はあのときまだ小学生でした。同級生も親戚も沢山亡くなって……いつの間にか、色々なものに憑かれるようになったんです。知らない人の目であの日の光景を何度も見させられて……とても苦しかった。ほうぼうを探して、信枝さんに行きあたったんです。信枝さんに何度も何度も祈禱してもらって、やっと落ち着くようになりました。けれども同じような症状に苦しんでいる人はまだまだいるみたいです。それで私はヨリになって、祈禱に協力してるんです」

憑祈禱は日蓮宗《にちれんしゅう》の寺院で行われることが多いそうだ。ミコサンの信枝が行うのは伝統からすると異例なのだが、そもそも憑祈禱を行える坊さんは今となってはほとんどいない。信枝はお題目を読むこともできて、過去には寺院の傘下に入らないかと声がかかったこともあるが、断ったという。ミコサンの間でも寺院に入る者が半分、野良でやっている者が半分という状況だった。今となっては、当時のミコサン自体も数人しか生きていない。

「お題目くらい、おらも上げられるけえ」

信枝は顔をくしゃっとさせて笑った。

カナは信枝につられるように、はにかんだ。

「今日は祈禱が一件あるというので、普段住んでいる宮城からやってきたところなんです。お二人とタイミングがあってよかった。今晩は別の祈禱がありますけど、明日の午前中なら祈禱できますよ」

風子たちは重々礼を言って信枝の家を後にした。宿に帰って、裕美に電話をする。意向を伺うと、是非祈禱をしてもらいたいとの答えだった。

祈禱には親類の者の立ち会いが必要だというが、幸い昌子がいた。諒の伯母にあたるため、昌子さえ同席していれば祈禱が可能だろう。

本当に祈禱を行うのか、と風子自身は受け止めきれずにいた。祈禱で何かが分かったところで、それが正確だとも限らない。調査としてはどうかと思うが、依頼人の裕美が希望するなら、行うほかない。

翌朝十時に、指定された公民館へ向かった。小ぶりなプレイルームが予約してあった。一応暖房は入っているのだが、フローリングは冷え冷えとしていた。

中央には白装束を着て目隠しをしたカナが座る。それを両側から囲うように昌子と風子が座った。カナの正面には、車いすに座った信枝がいる。信枝とカナの間には昌子のスマートフォンが置かれている。諒の写真が画面に表示されていた。

風子のすぐ横に、古いCDラジカセが置いてある。信枝からの合図を受けて、風子はCDラジカセのスイッチを押した。タン、タンタン、タン、タンタン……と、団扇太鼓《うちわだいこ》の音がプレイルーム内に響き渡る。

信枝が野太い声でお題目を唱え始めた。

「南《な》無《む》妙《みょう》法《ほう》蓮《れん》華《げ》経《きょう》、南無妙法蓮華経……」

最初の十分は何も起きなかった。団扇太鼓の音とお題目にじっと耳を傾けていると、眠気を催したほどだ。開始から二十分くらい経ったころだろうか、中央のカナの身体がゆらゆらと動き始めた。

「何のために障《さわ》っているのか」

信枝がお題目を止《や》め、鋭く訊いた。

カナは身体を揺らすばかりで何も言わない。

「何のために障っているのか」

信枝が再び訊いた。

カナの身体は左右に揺れ続けている。それに加えて、手元が震え始めた。

「……熱い、熱い」

小さな、低い声だった。カナが発したとは思えないような男の声だ。

ハッとして昌子のほうを見そうになったが、祈禱中なのでこらえた。戸田家で聞いた発作中の諒の声とそっくりだったのだ。

「熱い熱い熱い熱い……」

「何のために障っているのか」

「熱い、痛い……」

カナの身体の動きは徐々に大きくなっていく。頭を前後左右にがくんがくんと振っている。

「何のために障っているのか」

信枝が重ねて訊いた。

「熱い……熱い……」

いかにも苦しそうな吐息がカナから漏れた。

もうやめてやってほしい、と思った。カナは揺れながら、低いうめき声を出し始めた。独り言のようにも聞こえるし、誰かを恨む声にも聞こえる。負の感情がどろりと漏れ出しているような、空恐ろしさがあった。昌子の反応も気になったが、視線をカナからそらすのははばかられた。

信枝はしつこく何度も「何のために障っているのか」と尋ねる。

カナはその度ごとに「熱い」「痛い」などと漏らした。だが次第に「家」とか「土地」といった言葉が混じるようになる。低い声でぼそぼそと言うから、正確には聞き取れないのだ。何度行ったか分からないくらい、同じ問答を繰り返した。

「何のために障っているのか」

「家……土地……」

「まだあるか」

「土の下……ほれ」

次の瞬間、急にはっきりとした男の声が出た。

「したい」

「何があるのか」

「したい」

「他に何があるのか」

「……」

風子の鼓動は速まった。

したい？

聞き間違いかとも思った。だが、何度訊いても「したい」と答える。何かをしたいということなのか、あるいは――？

死体、という言葉が脳裏に浮かんだ。土の下、ほれ、とも言っている。あたかも土の下に死体があるかのようだ。だがそんなことありえるだろうか。死体が埋まっていたら、土の様子が異なっていたり異臭を発したりするだろう。先日阿部家の土地を見たときに、そういった違和感を抱くことはなかった。

考えても混乱するばかりだ。

だが信枝はちっとも変わらない口調で続けた。

「まだあるのか」

「……熱い、熱い」

「まだあるのか」

しばらく間があいた。

カナは一瞬ピタッと止まったかと思うと、低い男の声で突然話し始めた。

「キョンちゃん、恨んでねえ。火さつけたのは、わざとじゃないとわがっとる。恨んでねえ。おらも恨んでねえ、他のみんなも、万一も恨んでねえ。伝えてやってくれ」

そう言うとカナは激しく痙攣《けいれん》して、前方に倒れ込んだ。そしてびくとも動かなくなった。

風子はあ然としてカナを見つめていた。気絶しているだけなのだろうとは思うものの、心身への負担が心配になった。

「お疲れさん。ラジカセ止めてくれ」

信枝の声で、我に返った。慌ててラジカセに手を伸ばし、スイッチをオフにする。

隣で昌子は放心したように、口を半開きにしていた。

腕時計を見ると、開始から一時間十五分が経っている。ずっと繰り返される団扇太鼓の音で時間感覚が麻痺《まひ》していたが、問答をしているうちにかなりの時間が経っていたようだ。

数分もすると、カナの意識が戻ったようで、むくりと起きあがった。

「キョンちゃんって誰でしょうね」

カナが冷静な口調で言った。表情も声も元通りになっている。

信枝は数秒考え込むようにしていたが、「おら、分かんね」と答えた。

カナには、憑依されているときの記憶があるらしい。諒には発作中の記憶がないことを言うと、「そのあたりは人それぞれです」とあっさり答えた。

「土地の下に死体が埋まっているかもしれませんね。掘ってみますか?」

カナの問いに、風子は言葉を詰まらせた。

掘ってみたいという気持ちもある。オカルトなものを信奉していないつもりだったが、憑祈禱の迫力には何かしらの真実味があった。だが逆に、土地を掘ってみて本当に何か出てきたら、憑依やミコサン、ヨリといった摩訶《まか》不思議なものを認めることになる。それはそれで怖かった。

昌子も同様のようだ。顔を青くして、何も答えない。

「一旦帰って、依頼人と相談します」

風子はやっとの思いでそれだけ言った。信枝とカナに礼を言い、逃げ帰るように、集落を後にした。

岩手県警から電話がかかってきたのは、東京に戻って三日後だった。

警察からの電話は珍しい。行方不明者の捜索を行うような探偵なら、警察とやりとりすることもあるだろう。だが風子の場合、すでに亡くなっている先祖を探す探偵だ。警察に協力するような場面はほとんどなかった。

やや緊張しながら話を聞くと、思いがけない話が飛び出してきた。

「あのう、邑楽《おうら》さんご本人でしょうか。ああ、先日ね、岩手県遠野市の大徳という集落に行かれたでしょう。何か調べもので。あれが迷惑だったと近隣住民からクレームが入ってるんですよ。怪しい探偵の人が来たとね。それで頂いた情報から調べてみたところ、あなた、探偵業登録してないじゃないですか。違法営業ではないんですか」

冷たい汗が背筋をはった。

大丈夫だ、大丈夫なはずだ、と深呼吸をする。

「うちは探偵といっても、人探しはしていないんですよ。先祖を調べる調査機関です。探偵業にはあたらないと、顧問弁護士の先生にも確認をとっていますし、先生から警察庁に照会もしてもらっています。ですから、探偵業法違反ということはないんです」

落ち着いた口調で説明をする。電話口で「はあ」と呆《ほう》けた声が聞こえた。

「別途確認いたしますね。それはそれとして、近隣住民からのクレームが入ってるのは間違いないので、ちょっとやり方に気をつけてくださいよ。今すぐ何ってわけでもないですが、トラブルになったら困りますから」

誰がどんなクレームを入れたのか訊いてみるが、全く教えてくれなかった。

「個人情報ですからね。探偵さんならお分かりでしょうけど。とにかく今後は気をつけてくださいよ」

ぶつぶつと注意をして、警察官は電話を切った。

受話器を置いて、風子は息を大きく吐いた。

探偵業登録については法的には問題ないだろう。だが、警察にクレームが入っている件は気になった。風子の名前や連絡先が分かっているということは、名刺を渡した相手だ。大徳の集落のうち訪問できた六軒で渡している。ミコサンの信枝は目が見えにくいという話が先にあったので、名刺を渡しそびれていた。

大徳の集落の六軒のうち、誰かがクレームを入れたのだ。クレームが入るのは珍しいが、ないこともない。多くの場合、探られたくない過去が暴かれるのを恐れた人から恨まれるケースだ。今回は阿部家の足跡をたどっているだけなので、大徳の住民から恨まれる謂《いわ》れはないはずだ。

土地の掘削は大丈夫だろうか、と胸の内に不安がかすめた。

東京に戻ってすぐ、一部始終を裕美に報告した。長袖の石碑がある集落のこと、祈禱のこと、埋まっているかもしれない死体のこと、キョンちゃんと呼ばれる人物のこと。

裕美は驚いていたが、動揺はしなかった。それ以上に追い詰められていたからだ。調査をしている間も諒の発作は続いていた。ついに先日、学校の教室で発作を起こしたという。クラスメイトは未だに諒を遠巻きにしている。本人は発作中の記憶がないものの、クラスメイトの反応を見て「やってしまった」と自覚したらしい。学校へ行くのを嫌がるため、裕美も無理には行かせていない。

一刻も早く、諒の発作を何とかしたい。そのためには何でもすると裕美は決意していた。

「掘ってみましょう」

裕美はあっさりと決断した。

阿部家の土地は旧土地台帳や不動産登記をたどると、裕美の父が保有していることが分かった。父が他界したのち、移転登記の手続きなどは取っていないが、一人娘の裕美が問題なく相続しているはずだ。

自治体の許可を得て、今週末に土地を掘り返す予定だった。何も違法なことはしていない。だが、近隣住民をさらに刺激することになりかねない。

どうか何事も起こらないでくれ、と祈りながら掘削日当日を迎えた。

実際の作業は掘削業者に依頼してある。立ち会いに来ていた昌子と風子は、少し離れたところにとめた車の中で、作業を見守っていた。

最初は外に出ていたのだが、あまりに寒かった。雪は降っていなかったが、十センチほどの積雪があり、空気は刺すように冷えていた。

小型のショベルカーで掘り起こすので、作業時間はそうかからない。二時間もせずに終了する予定だ。

作業開始から一時間が経ったころ、農道を歩く人影が見えた。見覚えのある青いチェックの半纏を着ている。もしやと思い、車から降りて目をこらす。

やはり、お隣の佐々木家の老婆だ。何か大声でわめいているのが聞こえる。掘削業者が作業を止め、老婆に近寄っていく。風子は昌子に目配せをして、作業現場へと急いだ。

「んだから、誰の許可をとって掘り起こしてるのけ」

「いや、我々は依頼されて」

「誰の依頼ね」

「ですから」

「勝手に掘り起こされちゃ、困るけえ」

老婆は作業員に飛びかからんばかりの勢いだ。

「すみません、佐々木さん」

風子が声をかける。振り向いた老婆はあからさまに顔をしかめた。

「この前のあんたたち。あんたたちが調べてるのけ」

　土地の所有者から依頼されていること、自治体の許可をとっていることを説明するが、老婆の態度は一向に柔らかくならない。

「勝手に調べられちゃ、困るけえ」

　と繰り返している。

　警察にクレームを入れたのは、佐々木だろうと想像がついた。粘り強く説明をするが、佐々木は「寒い寒い」と背を丸め、半纏のポケットに手を突っ込んで背を向けた。そのまま来た道を戻ろうとする。

　そのとき、半纏のポケットからはらりと、一枚のハガキが落ちた。とっさに手を出して拾う。誰かからの絵葉書のようだ。雪の上に落ちたせいで、端のほうが濡れている。

「佐々木さん、落としましたよ」

　後ろから声をかけ、何気なく宛名《あてな》を見ると「佐々木キヨ子」となっている。

　雷に打たれたように、風子は立ち尽くしてハガキを見つめた。

「どうしたの？」

　脇から昌子の声がかかった。風子はそれに答えず、佐々木のほうへ歩き出した。

　佐々木はワンテンポ遅れて振り返り、風子からハガキを受け取った。

「佐々木さん、キョンちゃんって、分かりますか」

風子が尋ねると、佐々木は目を見開いた。その目には、高齢とは思えないくらいの力がみなぎっていた。

「キョンちゃん、あなたのことですよね」

佐々木は何も言わず、じっと風子を見つめ返す。

「憑祈禱をしました。ヨリに降りた何者かが、キョンちゃんのことは恨んでない、火をつけたのはわざとじゃないと分かっている。恨んでないとキョンちゃんに伝えてくれ、と言っていました」

佐々木の見開いた目が潤み始めた。

やはり、と思った。話し始めたときは半信半疑だった。だが佐々木の反応を見て、確信した。

「あなたがキョンちゃんですよね」

もう一度訊いた。

佐々木は観念したようにうなずき、静かに言った。

「うちで茶でも飲んでいくか」

二間続きの奥の座敷へ通された。客間になっているようで、床の間には立派な木彫りの熊《くま》と、渓流を描いたらしい掛け軸が飾られている。来客用の四角いちゃぶ台を挟んで、向こうに佐々木が腰を下ろしている。

座布団の上からでも畳の冷たさが伝わってきた。先ほどストーブをつけたが、部屋はまだまだ寒かった。

「阿部さんとこの長男、万一はおらより六つか七つ上だった。よく面倒を見てもらったし、遊んでもらったなあ。万一の父ちゃん、万作っつうのは、ハッケをしてたんだが、これがよう当たると評判で――」

「ハッケって何ですか？」

昌子が割り込んで訊いた。相変わらず遠慮がない。

「ハッケ、つうのは、占いみたいなもので、病の元はなにかとか、消えた猟犬はどこに行ったかとか、まあ、集落で困ったことがあったときに相談するのですわ。そしたら万作は半紙を二つに折って、折れたところを口に挟んで、なめるのさ。そうやって唾液が半紙にしみてきたなあってころに、パッと広げて、引っ張る。すると濡れたところが破れるけ、その破れ具合を見て『こりゃ先祖のたたりだ』とか、『東のほうから犬は帰る』とか、言うのさ」

昌子と風子は顔を見合わせた。

諒の発作と酷似している。

「そういうハッケの方法って、一般的なのですか？」

風子が尋ねた。

「いんや。他では聞いたことないね。万作さんしかやらんわ。万作さんは、もともとは山で炭を作ったり、田んぼ仕事をしたり、まあ普通な感じだったっけども、いつの間にか山の神様がついたと言い始めてね。ハッケの前にはずーっと、この辺りの山の名前を言うんす。早池峰山《はやちねさん》、六角牛山《ろっこうしさん》、五葉山《ごようざん》っつうふうに、順にずらーっと山の名前を言う」

諒も低い声で、ハヤチネサン云々《うんぬん》とつぶやいていた。諒は杉並区に住む小学生だ。岩手県の山の名前を詳しく知っているはずもないというのに。

「あるときば境に、万作さんのハッケが全然当たらんようになって。それまではよう当たるということで評判だったんだけども、急に当たらなくなって万作さんは肩身が狭くなって、えらい落ち込んでいましたっけ。いつだったかなあ、戦争中のことだったから、昭和十八年か十九年くらいのころ。万作さんの長男、万一は十三か十四くらい。おらは六、七歳だったかなあ。戦争中つっても、このあたりは空襲もなかったけえ、食べ物が少なくてひもじいくらいのもんだった。んだっても、食べ物が少ないのは昔からだから、そう生活は変わってないな。若者が兵隊さんにどんどん取られていったくらいけ」

客間のストーブが急にやる気を出したように、カタカタカタと音を鳴らし始めた。家の奥で、トットットッと子供が走るような軽い足音がした。佐々木は一人暮らしだと勝手に思っていたが、子供夫妻、孫やひ孫と暮らしているのかもしれない。

「山火事が起きたのはちょうどその頃だった。阿部さんとこの家は全焼して、万作さんはもとより、奥さんや婆《ばあ》さん、子供たちもみいんな焼け死んでしまったわ。生き残ったのは万一だけだった。山火事ということで処理されたみたいだけど、犯人は万一だと、集落では言われていたけ」

「万一が？　火をつけたと？」

風子が食いついた。

佐々木はうんざりしたような顔でうなずいた。

「あくまで噂《うわさ》だ。実際は違う」

佐々木は目を伏せて、急に黙り込んだ。じれったいくらい時間がゆっくり流れる気がした。数十秒経って、佐々木は再び口を開いた。

「おらが火いつけたのさ。おらだ。やったのはおらだ。おらが子供の頃、爺《じい》さんが話してるのを聞いたんだ。阿部さんとこの万作さんのハッケが当たらんなったのは、六部殺しをしたからだってな。庭を掘れば、六部の死体が出てくるとな。おらはそれが気になって、気になって……。夜中に起きて、土を掘ってみようと思ったのす。火いつけたのはわざとじゃない。ロウソクば落としちまって、近くに積んだった古新聞に火がついた。ちょうどびゅうっと風が吹いて、火がどんどん広がっちまって……落ちたロウソクだけは拾って持ち帰った。今思うと、それがいけなかったのかもしれないけども」

佐々木の手が小刻みに震えている。白濁した目はどこを見ているかも分からない。

「おら、いつ言い出せばいいか分からず、震えたった。火元が見つからなかったですけえ、警察は山火事だということで処理をしたらしい。集落ではまず、六部殺しのたたりだという噂になった。阿部家で六部殺しをしちまったから、万作のハッケが当たらなくなった。その後に火事が起こった。田畑にも火が伸びて、他の家も迷惑被ったわけさ。これ以上迷惑が増えても困る、長袖さんの供養をして、それぞれの家を守ろうということになり、長袖さんの墓ば、それぞれの家の庭に建てたんだわ。それからピタッと何も起こらなくなった。そんでいつの間にか、万一が火をつけたんだべえ、六部殺しのたたりで万一はおかしくなってしまったんだべえという話になってた」

「万一が火をつけたなんて、どうしてそんな噂が立つのですか?」

風子は恐る恐る訊《つ》いた。佐々木は少しでも突くと破裂しそうな風船のように、余裕がなさそうに見えた。

「さあ、よく分からんね。ただ、そういうふうに結論づけると都合がよかっただけかもしれない。万一だけが生き残ったから、誰かが万一さ面倒を見なきゃいけない。飢饉がひどくて、どの家も万一を受け入れたがらなかった。万一を集落から追い出したくて、万一を見捨てるために、万一が犯人っつう噂が流れただけかもしれん。おらが本当のことを話さば、万一は集落を追われずにすんだってのに」

佐々木は目を伏せた。

話の筋は見えてきた。放火犯だと疑われた万一は、逃げるように町へ引っ越す。

何も知らない女と結婚し、子供を作った。それが裕美の父である。裕美の父が故郷について何も語ろうとしなかったのもうなずけた。放火の事情は知らなかっただろうが、先祖の来歴を詮索してはいけない雰囲気は家庭内にあっただろう。

そのとき、昌子の鞄《かばん》の中が震えた。電話が鳴っているらしい。昌子はスマートフォンを取り出して座敷を出たが、数十秒もせずに戻ってきた。

「阿部さんの土地の下からは、何も出なかったらしいです」

その言葉を聞いて、佐々木はわっと泣き出した。両手を顔にあて、おうおうと声を上げている。赤ん坊のように、恥も外聞もない泣きかただ。

「おらが悪かった。何もないところに死体があると思って掘ろうとして、火いつけて、それを何十年も言い出せながった。ずっとずっと後悔してた……いんや、それは嘘だ。おらは忘れてたんだ、長い間。自分の中にしまい込んで、もう思い出さないようにしていた。んだけども、墓場に片足を突っ込むような歳になって、急に思い出すようになったのす。毎晩毎晩、あの火事のことを思い出して、万作さんや万一さんやらの顔が浮かんでは消え、浮かんでは消えして。んだが、どう償っていいかも、もう分かんねえ。関係する人はみんなもう死んでしまった。過去に決着をつけるには、時間が経ちすぎてしまった。おらが一人で、背負っていかなければならん」

「そんなことないですよう」

昌子が言った。場違いなほど明るい声だった。

「だってねえ、憑祈禱でわたしたち、言われたんですもん。恨んでないとキョンちゃんに伝えろって。佐々木さん、万作さんたちからキョンちゃんって呼ばれていたんでしょ？」

佐々木はむっつりとうなずいた。

「最近ね、わたしの甥っ子が変な発作をするようになったの。突然、万作さんのハッケと全く同じようなことをするのよ。万作さんの霊がたたってるのかなとも思うのだけど、ただぶん違うのよね。佐々木さんが苦しんでいるのを見ていられなくなって、佐々木さんのせいじゃないと伝えたくて、万作さんが降りてきてるのよ。もう過去のことは忘れて進んでいいって、万作さんが言ってるんじゃないですか」

昌子は堂々とした口調で言った。

風子も頭の中では同じことを考えた。だが、そんな非現実的なことがあるかと一蹴《いっしゅう》されそうで、口にできなかった。

佐々木は息を飲むようにして、昌子を見つめていた。

「そうなんだろか。おらは許されていいんだろか」

「いいんじゃないの、万作さんがいいって言ってんだから」

昌子は軽い調子で、ははは、と笑った。

佐々木はあれこれと弱音を吐いたが、そのたびに昌子が一蹴する。そうしたやりとりを十分ほど続けて、ついに話《わ》すこともなくなった。

お邪魔したことを詫びて、昌子と風子は立ち上がった。

玄関先で佐々木は「ありがとうな」と言った。聞き漏らしてしまいそうな、小さい声だった。だがその朴訥な言い方からむしろ、佐々木の本音であることが伝わってきた。

「警察に通報したのはおらだ。おらの昔のこと探られるのが、嫌だった。けども、今となっては探ってもらってよがった。迷惑かけたな」

佐々木は頭を下げた。

「いいんですよ。お気になさらず」

風子は慌てて言った。

「気をつけて、帰りなさいな」

そのとき、佐々木の肩越しに、奥の座敷で五歳くらいの子供が走っていくのが見えた。着ているものはよく見えなかったが、おかっぱ頭が印象的だった。先ほど足音が聞こえた子供だろう。

「お孫さん、いや、ひ孫さんですかね。可愛《かわい》いですね」

何気なく言うと、佐々木は後ろを振り返り、さらに首を戻して風子を見た。

「うちは、おら一人しかいない」

佐々木の表情は凍り付いていた。目を大きく開けて震えている。ギョッとする、という表現が一番近い。

風子は風子で驚いた。幽霊を見たということだろうか。これまで心霊体験を一度もしたことがない風子が急に幽霊を見るとも思えない。気まずい雰囲気の中、佐々木家を後にした。

4

さらに一か月後、深い雪に覆われた岩手県に風子たちはもう一度来ていた。今度は風子と昌子だけではない。裕美も一緒だった。

道中、手がかじかむというレベルではなかった。外気に接している皮膚がぴりぴりと痛むくらいの寒さだ。冬本番はこれから、一月二月にかけてさらに雪深くなるというから驚きだ。

信枝の自宅の奥の和室で、裕美は三つ指ついて頭を下げた。

「この度は、誠にありがとうございます。おかげさまで、息子の発作は収まりました。佐々木さんを救いたいという万作さんの気持ちが、諒に悪さをしていたんですかね」

阿部家の土地に穴を掘った日以来、諒の発作はぴたりと止んでいる。

「さあ、どうだろうねえ……色んな思いが折り重なっていることもあるけえ、実際のところはよう分からん」

喜んで何度も頭を下げる裕美に対し、むしろ信枝は冷静だった。

「憑かれやすい人というのはいますけ、息子さんは今後も何かと引き寄せるかもしれんよ。でもそれはちっとも不思議なことじゃない。昔からよくあることさ」

万作の子孫は諒以外にもいるはずだ。なぜ諒が、とは疑問に思っていた。だが、憑かれやすい人とそうでない人がいるのだとしたら。体質的に引き寄せやすい諒にだけ発作が起きたのかもしれない。

「今回は運がよかったねえ、祈禱もするする進んだわ。縁起のいい人が仲間にいると、違うなあ、風子さん」

急に風子の名前が出て、びっくりした。

「えっと、それは……どういうことでしょう」

ベッドの上の信枝は、身体の姿勢はそのまま口だけゆっくり動かした。

「あれえ、あんた、名前どおり、風の子でしょう？」

「風の子、とは？」

「親さ分からん子よ。昔は村に一人はいたんす。おらも風の子だった。風子っつうのは誰がつけた名前か？」

戸惑いながらも答える。「私を拾った自治体の職員ですけど」

「そりゃあ、その人の真心がご加護になってるのかもしれんねえ。『風の子』っつうと、縁起のいいものだとされてるけえ。縁起のよい素晴らしい存在だってことで、付けてくれた名前でしょうな」

風子の胸の内にじんわりと温かいものが広がった。

邑楽風子という名前のうち、邑楽は拾われた場所の地名だ。風子という名前の由来が何なのか知らなかった。

感じたことのない感情だった。町役場の人にも施設の人にも感謝している。彼らがいなかったら、文字通り野垂《のたれ》死んでいただろう。けれどもその感謝は型どおりで、どこか熱のこもらないものだった。町役場の人も施設の人も、それが仕事だから風子を助けたのだ。そこに何らかの情があるとは考えてもみなかった。風子の将来に祈りを捧《ささ》げてくれた人がいるのだろうか。

風子の受けている衝撃はどこ吹く風で、信枝は続ける。

「なに、風の子というのが本当に縁起がいいかは分からん。ただ親のいない子の面倒を貧しい村で見るのは大変ですけえ。真っ先に口減らしにあうだろうから、そうならんように縁起がいい存在だってことにしてるんだろ。風の子を大事にすると集落は上向く。粗末にすると寂《さび》れる。集落が試されているんだな」

　風子はたまたま助かった。けれども万一は。

　火事で家族を全員失った万一は、誰かから面倒を見られるわけでもなく集落を追い出された。当時の貧しい状況からすると仕方がなかったのかもしれない。誰が悪いというわけでもないのだ。皆のうっすらとした願望が、放火犯の噂を作り出した。

　ふと、佐々木家で見た子供のことを思い出した。

　信枝に話すと、信枝は一瞬黙り込んで、「なるほどなあ」と漏らした。

「佐々木さん、もうすぐ寿命がくるんだなあ。だからこそ、万作さんも今になって慌てて出てきたのかもしれないなあ。なんだが寂しいが、仕方のないことよね」

　唐突な話に驚いて、風子は口を挟んだ。

「子供の霊というのは、悪いことの前触れなんですか？」

「あんたが見たのは多分、座敷わらしす。佐々木さんの家をずうっと守っていた座敷わらしだろうね。普通は座敷わらしは見えないんだが。他所《よそ》の者の目に映るというのは、座敷わらしの力が弱っているってことですけえ、あの家の運が傾いてる証拠さ」

　信枝はしんみりと言った。

「まっ、仕方ないことさ。時代はどんどん変わっていくからなあ」

風子たちは何度も信枝に礼を言い、集落を発《た》った。

日帰りの予定で、夕方の新幹線に乗る必要があった。慌ただしく盛岡市に引き返し、新幹線に駆け込む。暖かい車内に入ると、近代的な内装や温かい座席にほっと安心した。急に文明社会に戻ってきたような安心感だ。風子も含め、他の者もいつの間にか居眠りをしていた。

東京駅に着くと、まずは裕美を見送った。

昌子もさっさと帰るかと思っていたら、風子の隣でぐずぐずと立っている。

「ねえねえ、あのさあ。何ていうのかなあ。祈禱って不思議だったわよねえ。いい経験だったっていうか、不思議とわたしの気持ちもすっきりしたのよね」

東京駅のホームで昌子は話し始めた。いつもよりもスローテンポで、言葉を選びながら話しているように見える。

「好きな人とうまくいってるって話、あれ、うそ」

昌子が笑顔で風子を見た。

驚いて昌子を見つめ直す。

「うそなの、うそうそ。上手《うま》くいってないんだ。こじらせて、もう会えなくなっちゃってるっていうか」

「それじゃ」風子は期待を込めて口を開いた。

「戻ってきてくれるんですか」

意地悪で自分勝手な期待だったかもしれない。昌子を応援したい気持ちはもちろんある。けれども彼女が帰ってきて、彼女を含めた日常が戻るなら、風子にとって喜ばしいことだった。

「いや、ないない」

片手をひらひらと動かして、昌子は笑った。

「時間は前にしか進まないんだからさ。元に戻るとかはないんだ、わたしの中で。元々そう思ってたけど、やっぱり一人は寂しいし、どうかなって思うこともあった。けどね、祈禱を見てるうちになんだかすっきりしたのよ。ふっしぎよねえ、わたしがお祓《はら》いを受けたわけでもないのにね。昔のことは昔のこと。それはそれとして、これからのことを考えなくちゃね。まっ、また遊びに行こうね。あの人には内緒で……ふふふ」

一方的にそこまで話すと「じゃ、またねえ」と言いながら、颯爽《さっそう》と歩き出した。

昌子は明るくて前向きで無邪気で、どんどん先に進んでいく。いつまでも過去にとらわれ身動きが取れない風子と大違いだ。昌子の背中はまぶしかった。憧《あこが》れはするが、昌子になれないのは分かっていた。少なくとも風子は、過去のことを片付けないと前に進めない。

佐々木が亡くなったと裕美が連絡を寄越《よこ》したのは、年末のことだった。未だに諒の発作は再発していないという。

裕美からの電話を切って事務所に置かれた水槽を見る。水槽の中のオタマジャクシはもうすっかり立派なカエルになっている。そろそろ水槽を変えてやる必要があるかもしれない。狭くなった水槽の中で飛び跳ねるカエルを見ながら、風子は静かにため息をついた。

第四話　無戸籍と厄介な依頼者

1

年があけて一月五日、横浜市中区のT酒屋は朝から賑《にぎ》わっていた。奥に細い酒屋の、路面側は角打ちになっている。高齢の男たちが、二つ並んだ折り畳みテーブルを囲んで、酒を飲み交わしていた。椅子《いす》はなく、皆立ち飲みである。寿町《ことぶきちょう》の中央に位置する酒屋だ。日雇い労働者の街、いわゆる「ドヤ街」として有名な土地である。男たちの身なりは決してよくない。申し合わせたように、黒色や灰色、濃い茶色など、暗いトーンの上着を引っ掛けている。背を丸めて、それでも陽気そうに頬《ほお》をゆるめているのは、正月の振る舞い酒があったからだ。

邑楽《おうら》風子は居心地の悪さを感じながら、店の隅で壁に背を預けて人を待っていた。寿町には仕事で何度か来たことがある。人探しをするなら避けて通れない街だからだ。何度足を運んでも、慣れるものではなかった。世間で言われるほど治安が悪いわけでも、臭いがひどいわけでもない。ただ、道行く人のほとんどが高齢男性だから、風子のような若い女性はかなり目立つ。無遠慮な視線があちらこちらから投げつけられる。

荒くれ者たちが闊歩《かっぽ》していたのはせいぜい数十年前までだ。今は街全体が高齢化して、行き場のない老人たちの最後の受け皿のひとつになっている。

酒屋の隅には古びた分厚いテレビが吊《つ》ってあった。正月向けの陽気な歌番組がついている。演歌が流れ出した途端、テーブルの端にいた高齢男性がハミングを始めた。それにつられて、調子が外れた別の歌声が聞こえる。ただでさえ賑やかな部屋に、合唱の波まで混ざって、風子は人酔いしそうだった。

室内はむっとするほど熱い。テーブルの傍《そば》のヒーターは真っ赤になっている。壁についたエアコンはゴトッゴトッと不安になるような音を鳴らしながらも、容赦なく温風を吐き出していた。

一旦《いったん》外に出ようと壁から背を離したとき、話しかけられた。

「邑楽さん、すみません。お待たせしたかな」

七十代半ば、小柄な男性である。野球のベースのようにカクカクした輪郭に、丸くつぶれた鼻がついている。「昔はもっとハンサムだったんだよ。病気の治療で鼻をいじったんだ」と本人は話していた。

「小山《こやま》さん、もう始めてるんですね」

呆《あき》れながら風子が言った。

小山は、透明な液体が入ったプラスチックカップを手にしている。頬はほんのり赤い。

酒屋の奥のカウンターで、振る舞い用の樽酒《たるざけ》をもらってきたのだろう。落ち合う場所をここに指定したのも小山だ。

落ち着いて話せる場所はないかと周囲を見渡す。どのテーブルも一杯だ。

「ここでいいですよ。俺《おれ》のご先祖さん、見つかりましたか。あっ、邑楽さんも一杯もらってきますか？」

小山がカウンターのほうへ歩き出そうとする。

「いや、私は車で来ているので、いいです」

本当は電車で来ていたが、さりげなく嘘《うそ》をついた。酒に付き合うと話が長くなりそうだからだ。

「こちら、どうぞ」

鞄《かばん》から茶封筒を取り出して渡す。小山はカップを近くのテーブルに置くと、茶封筒を受け取った。小山の手は震えていた。

「富山県を訪ねましたが、小山さんの生家はなくなっていました。近隣住民の話によると五年ほど前にお兄様は亡くなったようです。ご両親もそのずっと前に他界されています。裏山の斜面に先祖代々の墓があったとのことですが、今は市内の共同墓地に移されていました。山の斜面にソーラーパネルを設置する開発事業が進んでいて、お兄様が墓を移す手続きをされたようです」

小山は共同墓地の写真を手にしながら、まなじりにうっすら涙を浮かべている。

「そうか……。それじゃ、父さんや母さんの骨はきちんと祀《まつ》られているんだな」

「はい、ご依頼のとおり、献花もしてきました」

小山の依頼は単純だった。

故郷で先祖を探し、先祖の墓の状況を確認してきてほしいというものだ。自分で見に行けばよさそうなものだが、そうもいかない葛藤《かっとう》があるらしい。

兄との折り合いが悪く、地元を飛び出して数十年、関東で暮らしてきた。結婚は二度している。結婚するたびに落ち着こうと定職についた。だがすぐに競馬と競輪で給与を使い果たし、二度とも離婚した。独り身になってからは日雇い労働をしながら糊口《ここう》をしのぎ、いつの間にか寿町に流れ着いた。

親戚《しんせき》は皆、鬼籍に入っている。知人もかなり亡くなっているだろう。帰省したところで都合の悪いことは何もないはずだ。だが今でも、故郷に足を踏み入れるには抵抗があるらしい。

風子は別の仕事で寿町に出入りしたとき、協力してくれた男に名刺を渡していた。小山はその男の紹介で先祖探偵の存在を知り、依頼をしたのだという。

「墓だけが気がかりだったんだ。うちの兄貴は酒飲みで、墓のことなんて放《ほう》っておいてるんじゃないかと思って」

小山はプラスチックカップを手に持つと、日本酒をぐいと飲んだ。

「俺なんてまだいいほうよ。兄貴はもっとひどかったんだから」

「報酬のお支払いですが——」

風子が淡々と切り出すと、小山は「はいはい」と手を振りながら店の出口に向かった。逃げられるかもしれないと思って、急ぎ後を追う。

「心配せんでも大丈夫ですよ。帳場《ちょうば》さんに保護費を預かってもらってるから」

店の外には、ぴりっと寒い空気が広がっていた。先ほどまで暖房の効いたところにいたぶん、外気の冷たさが清々《すがすが》しい。大きく息を吸い込むと肺の隅々まで綺麗《きれい》になったような気になる。何かが焦げたような匂《にお》いがした。一筋隣の炭火焼鳥の店からだろう。路地に出ている椅子に腰かけた老人は黙って詰将棋の本を読んでいる。その指先にはあかぎれがいくつもある。

交差点で酒を飲んでいる男が、連れ合いに向かって叫んだ。「中吉と吉じゃ、中吉がえらいんだよっ」。すると相方は「俺は小吉だから関係ねえや」と言って、紙きれを排水溝に投げ捨てた。

このあたりには、厳しい冬を乗り切れずに命を落とす者が毎年いる。そんな現実を振り払うように、ひとときの喧騒《けんそう》が町じゅうを包んでいた。

五分ほど歩いたところにK荘という簡易宿泊所がある。ドヤというと、古びた旅館をイメージしがちだ。だがK荘は、格安ビジネスホテルのような感じで、想像よりは近代的な造りだった。

入り口の脇《わき》の小窓の向こうには、顔の大きい中年女が不機嫌そうに座っている。ここが帳場だ。ホテルでいうところのフロントにあたる。

「おばちゃん、こんちは」

小山が話しかけると、不機嫌そうだった女の顔が急に柔らかくなった。

女は五十代半ばくらいに見える。七十代の小山よりはずっと年下だから、「おばちゃん」呼びするのは親愛の情の表れなのかもしれない。

「保護費、先月のぶんと先々月ぶん、貯《た》めてあったでしょ。この人に七万円、渡してあげて」

自分で金を持つと、酒やギャンブルですぐに使い切ってしまう。だから帳場に預けている者も多いという。本人なりの生活の知恵なのだろう。

帳場の女はじろりと風子を見た。怪しんでいるのが分かる。

このあたりには貧困ビジネスがはびこっている。ホームレスに生活保護の手続きをとらせて生活保護費の大部分をピンハネしてしまう業者もいるらしい。

風子は名刺を差し出し、小山から依頼を受けた業務の内容を説明した。

「先祖を探す探偵さんなんて、そんなの、初めて聞きましたよ」

女の視線はとげとげしいままだ。

「ああ、ケンちゃん、こんにちは。お客さんなの？」

簡易宿泊所の入り口から、三十代くらいの男性が二人、顔を出していた。

二人は、低い小声で「どうも」と言うと、足早にどこかへ向かって行った。寿町の住民のほとんどが六十代以上の男性だ。若い男性が連れ立っているのは珍しい。それとなく背中を視線で追っていると、帳場の女がため息をついた。

「小山さん、今の話は間違いないんだね？」

「うん、この人に渡してあげて。ちゃんと仕事してもらったから」

女性は緩慢な動きで立ち上がった。奥へ引っ込み、数十秒して戻ってくると、小窓の隙《すき》間《ま》から茶封筒を差し出した。その場で中を検《あらた》めると、確かに一万円札が七枚入っている。

「どうも、ありがとうございました」

小山が頭を下げた。

「いいえ、とんでもない。こちらこそ」

風子も頭を下げ、それ以上の会話もなく解散した。小山は先ほどの酒屋に戻るようだった。

頬にあたる冷たい空気を感じながら、風子は石川町《いしかわちょう》駅のほうへ歩き出した。黒いダウンコートの襟を立て、ポケットに両手を突っ込む。レッドカードのボーイフレンドデニムの裾《すそ》から冷気が入り込み、すねが冷えた。外気の冷たさと居心地の悪さで早足になる。寿町の入り口、吉浜町《よしはまちょう》公園のあたりまで来たところで、後ろから声が聞こえた。

「あのう」

風子が呼ばれているとは気づかず、歩き続けていると、もう一度声がかかる。

「あの、お姉さんっ」

振り返ると、三十代前半くらいの男が立っていた。体格のいい色黒の男だ。形よく吊り上がった目と細い鼻梁《びりょう》は涼しげだが、唇は分厚く、上向きにめくれている。どこか反抗的で太々《ふてぶて》しく、野良犬のような色気があった。灰色のパーカーの上から、穴のあいたデニムジャケットを着ている。

どこかで見た背格好だと思った。一瞬考えたが、すぐに思い出した。先ほどK荘から出てきた男性のうちの一人だ。

「西口健司《にしぐちけんじ》といいます」

確かに先ほど、帳場の女性が「ケンちゃん」と呼びかけていた。

「先祖を探してくれるって本当ですか？」

男は一歩、二歩、風子に近づいて言った。息が酒臭かった。

「本当ですけど」

「俺の、先祖をたどってくれませんか？」

警戒しながら、さっと周囲に視線を走らせる。すぐ近くの吉浜町公園には数人の男がぼんやりとベンチに腰かけている。急に相手が暴れ出しても、助けを求めることはできそうだ。

「いいですけど、報酬は頂きますよ。日当で三万円頂きますから、安くはないです」

西口は汚いものを見るように、顔をゆがめた。

「金、とるんですか？」

「当たり前です。私はボランティアではないです」

小山から依頼を受けたときも強調した点だ。このあたりに出入りする外部の人間はほとんどがボランティアだ。ドヤ街に住んでいると自然と「ボランティア慣れ」をしてくる。

「金は、なんとかします」

西口は口をきっと結んで、風子を見つめた。その表情は真剣そのものだった。

横風が強く吹きつけ、風子は身震いした。午後からは雪の予報が出ている。公園のベンチに腰かけて話を聞くこともできるが、指先や足先はかじかみ始めていた。

「詳しい事情を聴かせてください。喫茶店にでも入りませんか、お代は持ちますから」

「石川町駅前に喫茶店があります」

西口は歩き出した。後ろについてこられるよりは気が楽だ。風子は黙って西口の後に続いた。

「戸籍がない……ということですか？」

正面に座った西口はうなずいた。大きな身体《からだ》を無理やり椅子に乗せている。目の前の丸テーブルが小さく感じた。

「住民票は？」

「ないです」

風子は絶句した。

通常、戸籍がなければ、住民票も作れない。年金や健康保険に入ることもできない。病院にかかるときには全額負担になってしまう。選挙権がないどころか、義務教育のための自治体からの案内も届かない。

「小学校や中学校は？」

「行ってないです。みんなが行くものだとは知らなかったんで。俺も、行きたいとは思っていませんでしたけど。数学なんてできたって、別に役に立たないっすから」

西口はホットコーヒーのカップにスティックシュガーを入れた。

「それ、要らないならもらえますか？」

風子の手元のスティックシュガーを指さす。

「どうぞ」

西口はスティックシュガーを手に取ると、コーヒーカップに入れた。

風子はブラックコーヒーに口をつけたが、味が薄すぎてトマトのような酸味だけが舌に残った。

「この間、区役所に行ったら、小さいころの写真を用意しろと言われて。そんなもの、ないじゃないですか」

西口はいきなり話しはじめた。

話の方向性が見えず、戸惑いながらも風子は続きを待つ。

「で。そしたら、日本人であることを証明する書類を用意しろと言われて」

「すみません。市役所に行ったのはどうしてですか？」

「違う！」

西口は急に大きな声を出した。

「市役所じゃない、区役所です。写真がないって話をしに行ったんです」

西口の話は要領を得ない。ところどころ聞き返すと、こちらに何かと勘違いがあるようで、「違う！」と怒りの声をあげる。

三十分くらい話を聞いてやっと全体像が浮かんできた。

「西口さんは戸籍がない。戸籍を作ろうと思って区役所に行ったら、日本人であることを証明しないと戸籍は作れないと言われた、と。両親からの陳述書とか、幼少期の写真とかを用意しろと。けれども、両親とは音信不通で、写真も全然ない。そのことを相談しにもう一度、区役所に行ったら、他に何でもいいから、日本人であることを証明する書類を用意しろと言われて、それ以上取りつく島もなかった。そういうわけですね」

「取りつく島ってなんですか」

西口は怒ったような声を出した。

「そうやって、難しい言葉を使って、俺を騙《だま》そうとしてるんですか」

「違います。すみません」

風子は素直に謝った。

西口は被害妄想が強い。三十分ほどの会話でも、何度か風子の言葉尻《じり》をつかんで、馬鹿にしていると腹を立てた。強烈なコンプレックスが底にあるような気がした。何に対するものなのかは分からない。

深入りをせず、依頼された仕事だけ淡々とこなそうと思った。正直なところ、面倒な客をつかんでしまった、という思いがあった。依頼を断ることもできるが、断ったら断ったで西口は大騒ぎしそうだ。

「戸籍がないと知ったのはいつですか？」

「十五歳、就職先を探してるときです。母さんから『お前は戸籍がないから、手に職をつけるか、肉体労働しかない』と言われて。それで初めて無戸籍だと知りました」

母の知り合いがやっているキャバクラで、年齢を偽ってキャッチの仕事についた。二年ほど真面目《まじめ》に働いていたが、新しく入ってきた後輩とトラブルを起こして仕事を辞めてしまう。ちょうど弟の雄二《ゆうじ》が荒れ始めて、家庭での居場所もなかったため、家出をした。その後十数年、日雇いの仕事で暮らしているという。

「そもそも、どうして無戸籍になったのですか？」

責められたと思ったのだろうか。西口はむっとした表情を浮かべた。

「知らないです、別に」

いちいち機嫌をうかがっていても話が進まないから、風子は構わず質問を続けた。

「先祖を探せば、自分が日本人であることを証明する資料が見つかるかもしれない。そうしたら戸籍を作れると。だから先祖を探して欲しいってことですか？」

「さっきからそう言ってるじゃないかっ」

西口がまた大声を出した。店内に他に客はいないが、カウンターの中から店員が怪訝《けげん》そうにこちらを見ている。

本人なりに言いたいことが伝わらないので苛立《いらだ》っているのだろう。だが風子としては、あっちこっちにとぶ西口の話を整理せずにはいられない。

いちいち声を荒らげるのは、コンプレックスが強く、自信のない人にありがちな態度だ。西口の気持ちにも共感するところはあった。面倒な人だとは思うが、仕方のない面があるのだろう。

児童養護施設にいたころにもたびたび目にした光景だった。風子は大人しく、目立つほうではなかった。決して楽しい幼少期ではなかった。けれども、物心ついたころから施設にいたので、環境が悪いとは思わなかった。

一方、ある程度年長になってから施設に来る子たちもいる。親に虐待されたり、育児放棄されたり、あるいは親が刑務所に入ってしまったり、事情は様々だ。そういった子たちはどこか自信がなく、他人に攻撃的な言動をとることも多かった。

「これまで三十年以上、無戸籍で暮らしてきたのですよね。今回、戸籍を取ろうと思ったきっかけはあるんですか？」

西口はふてくされたように口を尖《とが》らせた。

「事情はあるが、おたくに話す必要はないでしょ。金は払うから、調査だけしてくださいよ」

依頼を断るなら今だ、と思った。

事情を話してもらえないなら仕事は受けられない、と断ればいい。面倒な客とは付き合わず、良質な客筋をつかむのが商売繁盛のコツでもある。

だが、風子は断れなかった。

無戸籍ゆえに、住民票が取りづらい。アパートを借りることも、銀行口座を開くことも、携帯電話を持つこともできない。今回戸籍が取れないと、今後もそういった生活を続けることになる。

小学校にも中学校にも通えず、社会という社会から排除されてきた。そんな西口を追い返すことはできなかった。

「……分かりました。調べます」

渋々だが、風子は言った。

「ただ、戸籍がないとなると調べ方も難しいです。先祖をたどるとき、通常は古い戸籍を取るところから始めるものですから。昔住んでいた土地に心当たりはありませんか？」

西口は首を横にふった。

家出をするまでは川崎市に住んでいたという。だが、以前住んでいたアパートは取り壊され、近隣の知人も散り散りになっている。

西口が十七歳で家を出て少ししてから、弟の雄二が何か事件を起こし、施設に入ったという話を人づてに聞いた。詳しい話は知らないし、雄二のその後の足取りはつかめていない。

「あっ、ただ、母さんが十年くらい前に住んでいた場所なら知ってます。住民票を取りましたから」

「えっ？」

風子は驚いて西口の顔を見つめた。

住民票は本人とその同一世帯の家族でないと取れないはずだ。昔は家族を名乗れば取得できることもあったようだが、最近は個人情報の取扱いが厳しくなっている。本人確認書類のない西口が母の住民票を取れるとは思えない。

「これ」

西口は黒い折り畳み財布から一枚のカードを取り出した。のぞきこむと、健康保険証である。名義は「西口雄二」となっている。

「弟の保険証です。家を出るときに、母さんがこっそり持たせてくれたんです。弟は荒れていて、保険証を携帯するとか、使うとか、そういう感じじゃなかったから。『お前が持っていきなさい』って渡されて。俺はこれを使って、何度か病院にかかったこともあります。今は有効期限が切れて使えませんけど」

家を出て数年経《た》ったころ、実家の様子を見に川崎に行くと、母がいたはずのアパートは取り壊されていた。居場所を探ろうと、弟の名をかたって住民票を取ったそうだ。弟はすでに施設に入っていたはずだが、住民票上は母と同世帯に入っていた。それで、母の住所も分かったという。

「錦糸町《きんしちょう》のほうでした。母さんは水商売だったから、店を変えたんだと思います。でも結局、なんだかばつが悪くて母さんには会いに行かなかった。それも十年くらい前の話です。

そのときの住民票はどこかに取ってあると思うけど、母さんは引っ越しているかもしれない」

「とりあえず、その住所から調べてみましょう」

喫茶店を出ると、近くのコンビニに入って、封筒と切手を買った。その場で風子の事務所の住所を記入する。

「その住民票を、これに入れて送ってください」

西口は大きな手で封筒を受け取ると、丁寧に三つ折りにしてジーンズのポケットに入れた。寿町へと帰っていく後ろ姿は、酷《ひど》い猫背だった。悪目立ちしないように、大きい身体を丸める癖がついているのかもしれない。

風子はため息をついた。面倒ごとに巻き込まれそうな予感があった。

2

一週間後の午後三時十五分、風子は錦糸町駅前に立っていた。西口との約束の時間は午後三時だった。

この日時を指定したのは西口のほうだ。事務所に「書類を送った」旨の電話があった。西口は友人に借りたという携帯電話を持っていた。

錦糸町の調査に西口も同行したらどうかと提案したのは、風子のほうだ。見知らぬ探偵が一人で訪ねてくるよりはずっと話が早い。西口はやはりばつが悪いらしく渋っていたが、最終的には同行することを決めた。

それなのに——だ。さらに十五分待ち、約束の時間を三十分経過しても現れない。何度か西口の携帯電話に電話をするも、電源が入っていないようだ。

予定を忘れているのか、あるいは何か事故やトラブルに巻き込まれているのかもしれない。迷った末にK荘の帳場に電話をかけた。

たっぷり七コール経ってから、不機嫌そうな声がした。

「はい、K荘です」

先日の帳場の女の声だ。西口と待ち合わせをしているが連絡を取れない旨を告げると、

「ちょっと待ってくださいね」と保留用の音楽に切り替わった。

じりじりと数分待ったところで、音楽が止まる。

「ケンちゃんに聞いたけど、そんな約束はしてないって」

「そんなはずないです。約束しました」

「そんなこと言われてもね」女はとげとげしい口調で言った。

「本人は知らないって言ってんだから。こっちはケンちゃんとは長い付き合いだし、あなたのことは全然知らないんだから、どっちを信用するかっていったら、分かるでしょ」

一言二言返したが、けんもほろろという感じで、女は電話を切った。

風子は肩を落とした。

当日になって、同行が面倒になったに違いない。もともと母親と顔を合わせるのを渋っていた。一度は風子に説得されたものの、翻意したのだろう。先日の西口の印象からすると、いかにもありそうなことだった。

心当たりはないというのだから、調査をやめてしまおうか。

そうも考えた。けれども結局、重い足をひきずりながら、住民票記載の住所へと向かっていた。依頼を受けた以上は一応調べるしかない。

駅から南に向かい、場外馬券場の裏手の道に入る。十分ほど歩いて繁華街を抜けた先のマンションが目的地だった。五階建てで一階部分にはシャッターが閉まっている。倉庫なのか、閉鎖済みの店舗なのかは分からない。非常用の外階段の前には柵《さく》があり、鍵《かぎ》がかかっていた。古びたエレベーターに乗って二〇二号室へ向かう。

期待していたわけではなかった。住民票は九年前に取得したものだ。引っ越している可能性も高い。

だがチャイムを鳴らし、ドアから覗《のぞ》いた女の顔を見てすぐ、西口の親類だと分かった。

めくれた分厚い唇がそっくりだった。

「西口さんのお宅ですか」

「あ、はい。あなたは？」

不自然に明るい茶色に髪を染めた五十絡みの女だ。重そうなまぶたの下から、おどおどと風子を見ている。

名刺を差し出して、息子の健司から依頼を受けたと説明する。

健司の名前が出た途端、女は表情をさっと変えた。差し出した名刺をろくに見ることもなく、金切り声を上げた。

「あんな子、知りません！」

女はドアを勢いよく閉めようとした。風子はとっさにドアの隙間に手を差し入れた。

「痛ッ……！」

うめき声が漏れた。左手に強烈な痛みが走る。思いっきりドアに挟んだらしい。せめて靴や鞄を差し入れればよかったのに、とっさに手を入れたのがいけなかった。

左手をかばうようにかがんだ風子を前に、女は戸惑っているらしい。

「あんた、何よ。しつこいわね」

「お話だけでも聞かせて頂けますか」

「なんでそんなにしつこいの？　健司に脅されているわけ？」

女は眉《まゆ》をひそめた。不快感というよりは、同情に近い表情だ。自分と同じように苦労している者への共感と憐《あわ》れみ。事情は分からないが、この女も苦労しているのだろう。

「夕方から店に出なきゃいけないから、あんまり時間はないけど……身支度しながらでいいなら、いいわよ」

女はドアをゆっくり開いた。取っ付きから部屋の作りがすべて見える小ぶりな1Kだ。廊下に沿ったキッチンを通り過ぎると、八畳ほどの洋室がある。カーペットの敷かれていないフローリングに、布団が敷きっぱなしになっている。

女が身支度の必要があるというのは本当らしい。部屋の奥に据えられたドレッサーには化粧品が広げられ、カールアイロンの電源が入っている。

女はドレッサーの前に座って半身をこちらに向けた。風子は入り口に近い場所で小さく正座する。

女の名前は西口麻江《あさえ》といった。健司の母であり、このマンションに十年以上住んでいるという。

「弟の雄二さんはご一緒ではないのですか？」

風子が訊《き》くと、麻江は苦笑した。

「あんな奴《やつ》、かなり前に出て行きましたよ。若い娘を妊娠させて、結婚するとかで。私としては雄二から解放されて清々しましたけど」

雄二は酒癖が悪く、酔っぱらっては暴れていたらしい。アルバイトも休みがちになり、近隣住民ともトラブルを起こす。雄二が出奔したことで麻江は肩の荷が下りたという。

「健司がいるころは、まだ雄二も大人しくしていたのに。それなのに健司は私を見捨てて家を出て行ったのよ」

麻江の口元が歪《ゆが》んだ。

素行の悪い次男には期待していなかったぶん、離れていっても恨みはない。むしろ、次男から自分を守ってくれるはずの長男が家を出たことに腹を立てているというわけだ。

「健司さんは戸籍を取りたいと言っています。そのための調査なのです」

風子が改めて説明して、西口家の来歴を訊いた。

麻江は横浜市中区日《ひ》ノ出町《でちょう》にある家電販売店の娘として生まれた。高校卒業後、横浜のデパートに売り子として就職した。当時としては自慢の就職先だ。そこに客として来ていた男と知り合い、結婚したところから人生が転落していく。男は大酒飲みでギャンブル好きだった。生活費を全然入れてくれない日々が続いた。

長男の健司が生まれたのはそのころだ。地元の産院で取り上げてもらったが、医療費が支払えなかった。産院からは「医療費を持ってきたら、出生証明書を渡します」と言われたらしい。なんとか工面しようと思っていたのに延び延びになり、結局出生証明書を受け取ることができなかった。出生証明書がもらえないと出生届を出せない。出生届が出ないと、戸籍が作られない。こうして健司は無戸籍になったのだった。

幼少期の写真もあったはずだが、夜逃げのように引越しを繰り返しているうちに、どこかへ行ってしまったという。

「弟の雄二さんのほうは戸籍があるようですね」

「ええ。雄二が生まれたときには、当時の夫から逃げて、私も飲み屋で働いていましたから。医療費も払えたのです。そのタイミングで、健司が生まれた産院に医療費を持っていけばよかったのでしょうけど、そこまで気が回りませんでした。子供二人を抱えて、目の前の生活に一杯一杯だったので。こんなに苦労して育てたのに、二人とも私を見捨てて好き勝手に……」

麻江の口調は落ち着いていたが、底知れぬ怨念《おんねん》がただよっていた。

「健司さんを産んだ産院の名前を憶《おぼ》えていますか？」

依頼内容は先祖を調べることだった。だが西口の目的が戸籍取得にあるなら、出生証明書さえ見つけられればよい。今の麻江の話を陳述書に取りまとめて、出生証明書とともに提出すれば、西口が「日本人であることを証明する書類」となるはずだ。

「関内《かんない》駅から近い、小さな産院でしたけど。名前までは憶えていません」

麻江はカールアイロンを手にしながら言った。

「でも、戸籍が必要だなんていう事情があるなら、先にそう言ってくれればいいのに」

「お伝えしたはずですが」

困惑して風子が言うと、麻江は口を尖らせた。

「いや、あなたじゃなくてさ。あなたの前にきた探偵さんよ。最初から言ってくれたら、協力したのに。担当する人によってやり方が違うのかねえ」

風子は驚きで目を見開いた。

麻江は何事もなかったかのように、器用に髪を巻いている。

「私の前にきた探偵、というのは？」

麻江は風子の顔をジッと見た。風子の表情で事態を察したらしい。

「あれっ、同じ探偵事務所の人じゃなかったの？」

麻江は部屋の隅に置かれたヴィトンのハンドバッグから財布を手に取り、一枚の名刺を取り出した。先ほど渡した風子の名刺と見比べている。

「あっ、全然違うところだったわ。あはは。確かにこのあいだの人はスーツを着ていたけど、あなたジーパン姿だしね」

風子は名刺をのぞきこんだ。

『バスコダガマ探偵事務所　高里准一《たかさとじゅんいち》』と書かれている。

全国に支社を持つ大手の探偵事務所だ。家出人捜索や浮気調査、素行調査など一般的な探偵業務を行っている。

部屋の外で、がさり、と音がした。風子は立ち上がり、勢いよくドアを開けた。弾《はじ》かれた輪ゴムのように風子は立ち上がり、

廊下の端に男の背中が見えた。黒いロングコートを着ている。

「おい！」

風子は威嚇《いかく》するように叫んで、後を追った。男は柵を軽々と越えて、非常用の外階段を駆け下りる。体格差のある風子は、柵を越えるのに時間がかかる。外階段を下りきるころには、男の姿は見えなくなっていた。

ふと気が抜けると、足裏に冷たさを感じた。靴も履かずに靴下のまま出てきてしまった。汚れそうな場所を避けながら、来た道を引き返した。

自分以外の探偵がうろついている。

風子より先に麻江に迫っていたことからすると、ターゲットは風子ではなく麻江だろう。彼女の自宅周辺に張り込みをしていたところ珍客がやってきたため、ドアの前まで来て様子をうかがっていたわけだ。

部屋に戻って麻江に訊くと、高里は三十代半ばくらいのハンサムな男だったという。麻江や健司、雄二の生活環境について訊いてきた。質問の趣旨が分からず不気味だったし、訊き方も高圧的で反感を覚えた麻江は高里を追い返した。

風子が訪ねてきて健司のことを口にしたので、またあの探偵事務所から来たのかと思い、

「しつこいわね」と応答したのだ。

「探偵に探られる心当たりはありますか？」

「心当たりといってもねえ」

「不倫しているとか、近日中に結婚予定だとか、誰《だれ》かのものを盗《と》って逃げているとか。こんなこと訊かれても答えにくいでしょうけど」

言いながら風子は苦笑した。麻江も可笑《おか》しく思ったらしく、頬をゆるめる。

「何かあっても初対面のあんたに話すわけないけどさ。でも、実際のところ、心当たりはないのよ。雄二は結婚していたはずだから、まだ離婚してないなら、浮気調査はあるかもしれない。お兄ちゃんの健司のほうは良い人がいるのかどうかも知らないよ。十年以上会ってないし……健司はぼんやりした子だったから、女っけはなさそうだけどなあ」

風子は西口の姿を思い出した。ところどころ声を荒らげる姿は、女性にウケるとも思えない。だが話の要領は得ないものの、言葉数は多く、ぼんやりしているという印象ではない。母親から見ると色眼鏡が入るのだろうか。

穴のあいたデニムジャケットを着て、酒臭い息を吐いている現在の姿を見たら、麻江はどう思うだろうか。想像すると胸が痛んだ。母と顔を合わせるのは「ばつが悪い」と言う健司の気持ちも分かった。

お土産《みやげ》の馬車道十番館《ばしゃみちじゅうばんかん》のビスカウトを渡すと、麻江は目を見開いた。

「麻江さんは昔からこれが好きだと、健司さんがおっしゃっていたので」
「あの子は昔から、優しい子だったのよ。ちょっと不器用なだけで」
麻江はマスカラのにじむ目をこすった。

横浜中央図書館で中区の明細地図を漁《あさ》ると、産院の場所は容易に特定できた。昔ながらの産婦人科である。今は代替わりをしているようだが、電話で事情を話すと過去の出生証明書を探してくれた。先代は切手収集を趣味とするマメな男で、細々した書類はすべてファイリングして書庫にしまってあった。依頼をした次の日には健司の出生証明書が見つかったと連絡がきた。

今では個人情報保護の観点から書類を破棄すべきではという疑問もあるだろうが、昔ながらの「とりあえず取っておく」精神だったのだろう。

未払いになっている出産費用は話題に上がらなかった。

こんなに簡単なことなのか、と風子は脱力した。

事務所のデスクで、取りまとめた書類に視線を落とす。

出生証明書と麻江の陳述書だ。来歴を示すため、麻江の戸籍をたどり、麻江の先祖の情報も簡単にまとめてある。

これらの書類で、戸籍は作れるはずだ。もっと早く動けていれば、西口の現状は大きく変わっていただろうに。

西口は麻江に連絡を取りづらかっただろうし、麻江も産院を探そうとまでは思わなかった。やろうと思えばできるのに、その一歩が重いのだ。そのせいで西口は学校にも行けず定職にもつけず、大きな身体を丸めて日陰を歩むような生活をしていたのだ。

動けば状況をよくできるのに動かない。そんな西口たちにじれったさを感じる。だがそういう人たちがいるのも痛いほど分かった。動く余力がないほど困窮し、疲れている。

一月末には、西口とともに区役所に行くことにしていた。西口一人でもできるはずだが、区役所に苦手意識があるらしい。これまで何度もすげなくあしらわれているのだから無理もない。他方で、西口に冷たい対応をする区役所職員の気持ちも分からなくもない。小汚い大男が、要領を得ない長話をしたすえに、大声で怒鳴り始めるのだ。ただでさえ定常業務で忙しいのに、丁寧に対応しろというのは無理がある。

事務所のドアをノックする音が聞こえた。

時計を見ると、午後四時半だ。アポイントは特にないはずだ。不審に思いながらドアを開けると、階下の喫茶店「マールボロ」の店主、戸田康平が立っていた。

康平はお盆に紅茶のポットとカップを二つ載せている。

「頼んでないけど」

風子の言葉を無視して、事務所に入り応接ソファに腰かけた。カップに紅茶を注ぐと、そのうちの一つを風子に差し出した。

「どうせ来客はないんだろ。飲めよ」

濃厚なシナモンの香りが広がった。いつものストレートティーではなく、チャイティーラテを淹《い》れて来たらしい。

勧められるままに口をつけると、ほんのりと優しい味がした。甘党の康平らしく、少しだけ蜂蜜《はちみつ》が入っている。蜂蜜のまろやかさがシナモンの癖を抑えて、上品な味わいに仕上がっている。乾燥していがいがした喉《のど》に心地良かった。

「左手、怪我《けが》したの？」

「聞き込み先でドアに挟まれちゃって」

骨は折れていないが、痛みがひどいので湿布を貼《は》っていた。だが康平は左手の見舞いに来たわけではないのは分かっている。

わざわざ手の込んだものを作って訪ねてくるあたり、何か話したいことでもあるのだろう。風子は黙って、康平の出方をうかがった。

風子の視線に追い立てられるように、康平がポロリと言った。

「昌子と会ったんだってな」

昌子というのは、康平を置いて家を出た康平の妻だ。業務の依頼で、風子は昨年末に顔を合わせている。

「この間、昌子から連絡があった。元気そうにしてたか？」

「うん、昌子さんだし。全然変わってなかったよ」

康平は頭を掻《か》いた。

口を開き、言いにくそうに一度閉じると、絞り出すように言った。

「離婚届が届いたんだよ。出しといてくれって。あいつ、新しい人と結婚するつもりなのかな」

康平が訪ねてきた理由が分かった。昌子の現状を少しでも聞き出すためだ。

だがあいにく、風子も詳しいことは知らない。

好きな人ができたといって家を出た昌子だったが、結局その「好きな人」とは上手《うま》くいかなかったと聞いている。新しい結婚のための離婚ではなさそうだ。

昌子は一度通り過ぎた場所に戻るような女ではない。籍が入ったままだと康平の人生が前に進まないから、康平を解放する趣旨で離婚届を送り付けたような気がする。

それは風子の推測にすぎないから、あえて口にしなかった。

「さあ、何も聞いてないけど」

素っ気なく答えておく。探偵は口が堅いのだ。康平は疑うように風子を見たが、諦《あきら》めたように目を伏せた。

「まあいいや。こういうときの女の連帯は強いからな。知っていても何も言わないだろ」

康平はため息をついた。

「昌子はああいう性格だから、どうせ俺のところには戻ってこない。それならさっさと離婚届に判を押して出しちゃったほうがいいんだ。実質として関係が破綻《はたん》しているんだから、形式だけ保っていても仕方ないだろ。頭ではそう思うんだが、やっぱり籍だけでも残しておきたいような気もする。何かしらの縁をつなぎとめたいというか……でも、それって新しい男への嫌がらせだと捉《とら》えられると、それはそれで癪《しゃく》なんだ」

「離婚したところで、地主と店子《たなこ》って縁は残るじゃない」

「そういうことじゃないんだよ。いいよ、もうちょっと考えるから……」

慰めの言葉でも期待していたのだろうか。康平は拗《す》ねたように口を尖らせた。風子は取り合わなかった。康平のことは心配しているし、見守ってもいるが、だからこそ優しい言葉をかけたところでどうしようもない状況だというのは分かっていた。

「それより、いいのか。最近この事務所の周りを変な男がうろついてるぞ」

風子はうなずいて、窓のほうを見た。

「同業の探偵みたい。今やってる案件の関係で、何か探ってるみたいなのよね」

一度その存在に気づくと、尾行や張り込みも立ちどころに「見えて」しまうのが不思議だ。高里の探偵技術が低いわけではないが、風子に背格好を目撃されたのは落ち度だった。風子に気づかれていることは、高里のほうでも分かっているはずだ。それでも調査をやめないのは、こちらにバレたところでやるべき仕事は変わらないと腹をくくった証拠だ。

「危ないことに巻き込まれないといいけど」

康平がつぶやいた。

「私を調べているわけじゃないから、大丈夫よ。でもさすがに鬱陶《うっとう》しいし、そろそろこっちから話しかけてみるかな」

風子はダウンコートを手に取り立ち上がった。

事務所のあるへび道を抜けた先に、一台の車が止まっているのが目についた。見覚えのある紺色のプリウスだ。群馬ナンバーのプレートがついている。運転席の脇の窓ガラスには、取り外し可能なスモークフィルムが貼られていて、中が見えない。

足早に近づき、窓ガラスをトントンと叩《たた》くと、ゆっくりと窓ガラスが下りた。

細い唇をきりっと締めた、眉の濃い男が顔を出した。麻江がハンサムと言っていただけある。浅黒い肌に彫りの深い顔立ちをしている。純粋なアジア系、モンゴロイドの顔立ちではない。父か母が南米出身なのではないかと推測した。

「高里准一さんですね」

風子が言うと、高里は表情を変えずにうなずいた。風子が麻江とつながっている以上、高里の側でしらばっくれても仕方ないと分かっているのだろう。

「どうしてうちの事務所の周りを嗅《か》ぎまわっているのですか？」

「――」

高里は風子の顔を見つめ返した。もしかして、高里は日本語が分からないのか、と一瞬疑念が頭をかすめた。だが次の瞬間には、高里は口を開いた。

「西口雄二さんについて調べています」

イントネーションも口調も不自然なところはない。見た目で日本人ではないかもしれない、日本語が話せないかもしれないと邪推した風子が間違っていたようだ。

「雄二さんの何を調べているのですか？」

「それは言えません」

「雄二さんと私は面識がないのですし、私の周りを嗅ぎまわられても困ります」

「面識はない……ですか。そうですか」

高里は面白がるような微笑《ほほえ》みを浮かべた。

「ご心配いりません。僕のほうの調査はおおかた済みましたから、もう付きまとったりしませんよ」

車の窓ガラスがゆっくり上がっていった。

3

一月三十一日月曜日、風子は区役所の前に立っていた。茶色いレンガ風のタイルが貼られた近代的な建物だ。

西口は、交差点の向こうに姿を見せた瞬間から目立っていた。いつものデニムジャケットを着て、だぼだぼのカーゴパンツを引きずるように歩いている。周囲の近代的でクリーンな空間から一人だけ浮いていた。

時刻は午後二時少し前だ。今回ばかりは西口も予定を放棄せず、遅刻もせずにやって来た。

二人は連れ立って総合窓口に行くと、戸籍課を案内された。対応した四十代のやせた女性職員は、西口を見て眉をひそめた。

「何度いらっしゃってもお答えは一緒です」

その瞬間、火がついたように西口が吠《ほ》えた。

「なんだその態度は！　税金で食ってるくせに、よくそんなことが言えるな！」

風子は慌てて「西口さん」と声をかける。

「うるせえ。何度いらっしゃっても、って、何度も来させるような仕組みになってるのがおかしいと思わないのか」

なぜか風子に向かって怒鳴る。西口の口元から、何かが腐ったような嫌な臭《にお》いがした。ろくに歯磨きもしていないのかもしれない。窓口の女性は身を小さくして、視線を伏せている。自分は関係がない、という態度だ。

風子は鞄からA４サイズの書類を一枚取り出して、カウンターの上に載せた。

「家庭裁判所で、戸籍取得の手続きを進めています。こちらが裁判所発行の係属証明書です。戸籍を作るための審査はこれからですが、先だって住民票を作ってください」

「えっと、そちらのかたは無戸籍ですよね？　無戸籍だと、住民票は作れませんよ」

窓口の女性は西口を見もせずに言った。

風子はため息をついた。

「作れますよ。平成二〇年に総務省から通知が出ています。確認してください」

窓口の女性は渋々といった感じでカウンターから立ち上がり、デスク奥の上司のほうへ向かった。数分経って、女性が戻ってきた。

「確認していますから、少々かけてお待ちください」

待合スペースを手で指し示す。風子と西口はうなずいて、移動した。一時間ほど待ってやっと声がかかった。

先ほどの女性ではなく、年配の男性職員からだ。上司が担当を代わったのだろう。

「住民票は作れますけど、裁判所の手続きをしっかりやってくださいよ。まだ指紋とってないんでしょ？　指紋をとる段階になると、中立者の半数近くと連絡が取れなくなるんですから。探られたくない肚《はら》でもあるのかなあ」

嫌味を言わないと気が済まないのかと腹立たしかったが、風子はぐっとこらえた。住民票が作れるのは大きな一歩だ。

ところが、隣で西口が声を上げた。

「指紋ってなんだよ！　なんで指紋をとられるんだ」

「審査の過程で、そういうステップがあるんですよ」

風子が補足すると、西口は顔を真っ赤にした。

「聞いていない！　俺はそんなこと聞いてない！」

カウンター越しに冷ややかな視線が職員から投げられる。待合スペースにいる利用客たちの視線も集まっているのが感じられた。

「やめだ、やめだ。犯罪者でも何でもないのに、指紋をとられるなんて、意味が分からない。どうせ悪用するつもりなんだろ。別の犯罪で犯人が捕まらないときに、俺みたいなやつが犯人に仕立て上げられるんだ」

西口はカウンターの前の椅子を思い切り蹴《け》った。がしゃん、と大きな音を立てて椅子が倒れる。

「ちょっと、暴れるなら警察を呼びますよ」

男性職員が声をかける。

西口は無視して、大股《おおまた》で区役所を出て行った。風子は数秒茫然《ぼうぜん》としたが、西口が区役所を出るあたりで我に返り、慌てて後を追った。区役所から出て周囲を見渡すも、西口の姿はどこにも見えなかった。早足で立ち去った西口を見失ったようだ。

すぐに区役所に戻り、カウンターで頭を下げる。

「すみません。動揺していたみたいで」

「あなた、ボランティアの人？」

先ほど対応した男性職員が言った。

「いえ。そういうわけではないんですが」

「ああいう人、よくいるんだよ。公に認められたいと願いつつも、公のものに情報をとられたり、管理されたりするのを嫌がる。公のものに対するコンプレックスが強いというか。僕には分からない世界だけど……本人の好きにやらせるしかないよ」

男性職員の言葉には諦念《ていねん》が混じっていた。風子はあいまいにうなずいた。西口の気持ちも分かるような気がしていたが、芯《しん》のところでは何を考えているか分からない。結局は理解が及ばない他人なのだ。

区役所の職員に何度も頭を下げ、その場を辞した。


その後、西口と連絡が取れなくなった。

着信拒否がされているのか、いつかけても「電源が切られているか、電波の届かないところにいます」というアナウンスが流れる。

K荘の帳場にもかけてみたが、取り次いだ帳場の女によると、「何のことを言っているのか分からない。もう連絡しないでくれ」と西口本人が言っているらしい。

もう調査は止《や》めだ。

本来なら西口の母から得た情報をまとめて渡すだけで業務終了だったはずだ。そこから先の戸籍取得の手伝いまで、無償でしてしまった自分が間抜けだったようにも思う。

だがせめて、調査にかかった日当くらいは徴収したかった。本人も「金は払うから」と言っていたのだ。

腹立ちまぎれにダウンコートをつかむと、事務所から出た。事務所の周りをぐるぐると歩く。頭を冷やすためのルーティンだ。

面倒な案件に首を突っ込んだ自分が悪かった。報酬といったって、数万円のことだからこれ以上深入りしないほうがいいかもしれない。

少しずつ、冷静な思考を取り戻していた。

預かっている手続関係の資料を返却して終わりにしようと思った。ちょうど三日後には、別件で横浜に出かける予定がある。K荘に寄って書類を渡し、帳場から報酬を受け取って終わりだ。決めてしまえば気持ちはずっと楽になった。

K荘の帳場には事前に連絡していなかった。年中無休でずっと営業していると聞いていたからだ。

帳場の女に西口健司に会いたいと告げると、案の定、いぶかしげな視線が返ってきた。

「またあなたですか。何度も電話されると困ります」

女は腕時計に目を落とし首をかしげた。

「もう午後四時半でしょ。ケンちゃん、仕事があるから出て行ったわよ。どっかそのへんで出勤前の腹ごしらえをしているかもしれないけど」

「西口さんは夜勤をされているのですか？」

「夜勤っていうか、関内のホストクラブで働いているわよ」

風子は日雇いの仕事としか聞いていなかった。本人の体格や身なりから、工事現場などの仕事を日中行っているものと思っていた。ホストクラブというのは驚きだった。

帳場に書類を預けてしまおうかとも考えたが、いざ報酬を要求するときに書類があったほうがいいだろうと思いとどまった。

「西口さんの行きつけのお店、分かりますか？」

「知らないよ。このあたり、いくつか食堂があるから、どっかにいるんじゃない」

女はぶっきらぼうに答えた。

風子はスマートフォンを取り出して地図アプリを見ながら歩き出した。確かに「食堂」と名がつく店がいくつかある。しらみつぶしに見て回るが、どこにも西口の姿はない。

もう出勤しただろうか、と思ったそのとき、酒屋の角打ちに見知った顔がいた。

小山である。先日、先祖の墓探しを依頼してきた人だ。

小山のほうでも風子に気がついたらしい。目を丸めて声をかけてきた。

「何か問題でもありましたか？　お金、足りなかった？」

「いえ、そうじゃないんです」風子は首を横にふった。

「西口健司さんというかたを探しているんですが、どこにいるか分かりますか？」

「ケンちゃん？　さっき向かいの食堂に入っていったよ」

小山は酒屋の向かいにある小さな食堂を指さした。風子は首をかしげた。

「あの食堂は先ほど確認しましたが、西口さんいませんでしたよ」

「ええ？　そんなことないよ。俺、ちゃんと見たよ」

小山は手にしていたプラスチックカップを机の上に置くと、路地に出た。食堂の暖簾《のれん》に手をかけ、引き戸を引く。

「ほら、いるじゃん」

小山は指さした。

細長いカウンター席の奥のほうに、色の白い大男が座っていた。長めに伸ばした髪や全く日焼けしていない肌のせいで、どこか中性的な雰囲気がただよっている。

その男の口元を見てハッとした。めくれた分厚い唇だ。優しげな顔なのに、唇だけが勝気そうな印象を宿している。

「おい、ケンちゃん、お客さんだよ」

小山が声をかけた。店に客があと二人いたが、こちらをちらりと見ただけで無反応だ。

小山は「じゃ」と言って食堂から出て行った。

風子はゆっくり近づいて、男の隣に座った。

「西口健司さん？」

男はうなずいた。

「僕の名前、知っているんですか」

落ち着いた口調だった。

とんでもない勘違いをしていたのかもしれない。血の気が引いた。

なす味噌《みそ》炒《いた》め定食を頼むと、すぐに出てきた。お代は八百円。このあたりにしては高いほうだが、なす味噌炒めの大皿のほかに、味噌汁、野菜、沢庵《たくあん》、たっぷりの白米がついている。

なすにはしっかり味がついていた。一口かじると、甘辛い汁がじゅわっと出る。白米が進む味だ。味噌汁も塩気が強い。汁をすすると、疲れた身体にじんわり染みこんでいく。ビールを飲めれば最高だろうと思いながら、熱々の煎茶《せんちゃ》を飲んだ。

風子の隣で、「本物の」西口健司が、レバニラ炒め定食を食べている。

「それは弟の雄二ですよ」

一部始終を説明した風子に、健司が言った。

「僕の名前を騙《かた》って、邑楽さんにご迷惑をおかけしていたとは、申し訳ないです」

「とんでもない」

風子はすぐに答えた。

雄二の嘘を見抜けなかったのは風子の落ち度だ。そのせいで本物の健司を巻き込んだ。何度もK荘に電話して「身に覚えがない」と言われるはずである。健司には恨まれこそすれ、謝られるいわれはない。

確かにあの男は「西口雄二」名義の保険証を持っていた。弟のものを流用していると言っていたが、彼こそが雄二本人だったのだ。

麻江との会話がいまいち嚙《か》み合わないのにも理由があった。こちらはあの男を健司だと思って話していたのに、麻江の頭の中には別人、本物の長男が浮かんでいたのだ。写真を見せて確認などはしていないから気づかなかった。

「でも、K荘の帳場では、確かに『ケンちゃん』と呼びかけられていましたけど——」

言いながら、自分で気が付いた。

あのとき、二人の男が連れ立っていた。あれが健司と雄二だったのだ。

「このあいだ、K荘に来ていた色黒の大男ですよね。弟です。金を貸してほしいと言ってきたので、断りました。今までも散々貸したのに、一度も返してもらっていませんしね」

帳場は本物の健司を見て「ケンちゃん」と呼びかけた。だが風子からすると二人のうちどちらが「ケンちゃん」なのか分からない。それを利用して、雄二は健司と名乗り、風子に話しかけたのだ。

麻江と会うのを拒んだり、指紋をとられるのを嫌がったりしたのは、なりすましがバレるからだ。

高里が面白がるような笑みを浮かべていたのも腑《ふ》に落ちた。高里は雄二を追っていた。雄二と行動を共にする風子にも調査の手が伸びたわけだ。

「あいつは昔から素行が悪くて、目先のことばかり見て動くから。金があるときは派手な格好をして周りにおごるし、見た目も悪くないから、女にはモテるんですが。しばらく付き合うとすぐに尻尾《しっぽ》を出して、女のほうが逃げていく。そうするとまた大酒を飲む。その繰り返しだ」

　肉親に対する言葉としては冷たい。だがそう言わせるだけの過去の蓄積があるのだろう。

「僕の戸籍取得の手続きが進んでいるってのは本当ですか？」

　おそるおそるといった感じで、健司は訊いた。

　風子は手続きの状況を説明する。

「取れそうなんですか？」

「書類は揃《そろ》っていますが。面接をしたり、指紋を取ったりといった手続きがあります。それは本人がいないと難しいです。そもそも本物の健司さんに無断で進められた手続きは不適切ですから、裁判所には申立てを取り下げる連絡をしなくてはいけないと思っています」

「僕が今から、参加するのは無理ですかね？」

「参加って？」

　健司の意図がつかめず、風子は聞き返した。

「えっとその、手続きはそのままにして。面接とか指紋採取に出向くってことです。やっぱりよくないですかね」

　風子は何とも答えられなかった。もともと不適切な手続進行だ。それに本人が乗っかるよりは、一旦取り消して、改めて申立てしたほうがよい。だがそういうバタバタとした様子を裁判所に見せると、疑いの目で見られて、本来の申立てが通りづらくなるかもしれない。

「ほら、俺、色は白いけど、顔の作りはけっこう雄二と似ているんです。『面接だから小綺麗にしてきた』と言えば、同一人物で通るかもしれない」

否定も肯定もできずにいると、健司は頬をゆるめた。

「こんなこと、訊かれても困りますよね。あとはこっちで考えます。でも僕にとってはラッキーだったかもしれない。あんな弟ですが、僕の戸籍を取る手続きを進めてくれたんですから。調査にかかった費用、どのくらいですか？　払える額なら僕が払います」

「いえ、しかし」

風子はためらった。巻き込んでおきながら報酬だけ請求するのは悪い気がした。

「戸籍、欲しかった」

健司はぼそりと言った。

「役所に相談に行ったこともありますが、結論としては取れないということでした。だから取れないと思っていたのですが、取れるものなんですね」

役所の職員によって知識量に差がある。しっかり調べてから交渉しないと、職員の誤った認識に基づいて却下されることもあるのだ。だが普通の人は、役所が「ダメ」と言ったならダメなのだろうと、そこで諦めてしまう。

「戸籍がないせいで、学校にも行けなかったし、普通の就職ができるわけもなく。水商売は身分確認が緩いから、なんとか食べていけますけど。アパートも借りられないから、最初はホストクラブの寮にいたのですが、あそこは先輩や後輩と同じ部屋で過ごさなくちゃいけなくて、すごくストレスがたまるし……、その点、ドヤなら狭くても個室ですからね。僕みたいな若いのがこの辺にいるのは珍しいですが、他に行き場がないですからね」

健司はあいまいに笑った。自分を卑下するような笑い方だった。けれども、口調はあくまで落ち着いていた。

「実は僕、一緒になりたい人がいるんです。ホストクラブに来ているお客さんで、向こうも水商売してるんですけど。彼女も戸籍がなくて、店が借り上げた寮に暮らしている。一緒に住もうにも、住民票がない者同士だとアパートが借りられない。僕の戸籍が作れるなら、すべて解決する話です」

健司は立ち上がって、勘定をすませた。風子も食べ終わっていた。健司に続いて勘定をすると店を出る。冷たい外気がさっと頰をなでた。慌ててダウンコートのポケットに両手を突っ込む。きんと冷えた空気を伝って、どこからともなく唐揚げの匂いがした。日雇いの仕事を終えて戻ってくる男たちを待ち構えているみたいだ。

五分ほど歩いてK荘の前にくると、健司は帳場の女に言って現金を引き出した。他人に借りをもはや報酬が欲しいとも思っていなかったが、風子はそれを受け取った。

作りたくないという健司なりの意地かもしれないからだ。

「ありがとうございます」健司は頭を下げた。

「戸籍ができたら、やっと自分の存在が認められるような気がする」

健司の吐いた息が、すぐに白くなって空を昇っていった。健司は夕日を見てまぶしそうに目を細めた。

「認めてもらえるって、誰に？」

「いや、誰とかではないけど……やっと、公に存在していていいというか、お天道様《てんとう》の下を歩けるというか。何と礼を言っていいか分かりませんが、ありがとうございます」

健司は再び頭を下げた。舗装の十分ではないぼこぼこした路地に、健司の影が細く伸びた。風子も一礼して、手続きに関連する書類を手渡す。

「それにしても、雄二はどうして僕の戸籍を作ろうとしたんだろう。あいつには戸籍があるから、新しく作る必要なんてないはずだ」

別れ際、健司はそう漏らした。

確かに雄二の行動は疑問だった。

普通なら、兄のために動いたと考えるかもしれない。だがあの雄二の様子だと、兄のための善意の行動だとは思えない。戸籍売買ビジネスがあると聞いたこともある。風子と会う直前、雄二は健司から金を借りようとして断られている。それならば、と兄の戸籍を作って売り、金に換えようとしたのだろうか。

だが雄二は、風子に依頼する前から戸籍を作ろうと動いていたようだ。何度か役所に断られ、風子に調査依頼をした。金儲《もう》けのために戸籍を作るのはいかにも迂遠《うえん》だ。

疑問はありつつも、これ以上深入りしないようにしようと心に決めた。

報酬はもらったし、健司は戸籍を得て新たな生活を始める。万事解決したのだ。

4

昌子から電話があったのは、一週間後のことだった。夜七時過ぎ、ちょうど仕事を終えて自室に引き上げたところだった。

離婚届の件かと思って電話を取ると、用件は全く異なっていた。

「風子ちゃん、なんか変なことに巻き込まれていない？　私のとこに探偵を名乗る人が来たんだけど」

手に汗がにじんだ。あの高里という探偵だろうか。

「所属と名前は分かりますか？」

「ちょっと待ってね、名刺があったはず」

電話口でごそごそと音がして、戻って来た昌子は「バスコダガマってとこの高里さん」と答えた。

「彫りの深いハンサムな感じの男だった？」

「そうそう、風子ちゃんの生い立ちとかアレコレ訊いてきたの。びっくりしたわ。探偵が来たとき、うちの人が私の居所を探しているのかと思ったのよ。私、離婚届を送ったばっかりだったから」

昌子の言う「うちの人」とは、別れようとしている旦那《だんな》、康平のことだろう。

「でも大丈夫、私からは何も話してないから」
二、三、世間話をすると昌子はあっさり電話を切った。
大家の昌子にも探りを入れているくらいだから、児童養護施設にいたころの友達や職員にも接触しているかもしれない。

だが何のために？

全く見当がつかなかった。社会の隅のほうでひっそり暮らしてきた。誰かとトラブルになったこともほとんどない。

事務所に戻って、パソコンを立ち上げた。「バスコダガマ探偵事務所」を検索する。所属調査員一覧に「高里准一」と名前が出ていた。顔バレを防ぐためか、顔写真は出ていない。クリックすると「群馬支店所属」と書かれていた。

　そういえば、高里の乗っていた紺色のプリウスは群馬ナンバーだった。

　群馬は風子の出身地である。

　高里は「西口雄二について調べている」と言っていたが、群馬支店の探偵が、どうして横浜にいる雄二について調べるのだろう。本当は、風子について調べていたのだろうか。

　風子は電話を手に取った。確かめなくてはならない。おそるおそる、バスコダガマ探偵事務所、群馬支店の番号をプッシュする。時間は遅いが、探偵の仕事は夜型になりがちだ。まだ事務所に人はいるだろう。

　帰り際だったらしい電話番の女性が面倒そうに出て、高里に取り次いだ。

「はい高里です。どういたしましたか？」

　とぼけた口調である。

「邑楽です。私について何か調べているみたいですが。訊きたいことがあるなら、直接私に確かめたらどうですか？」

「もちろん、そのつもりでいましたよ。でも本人に知られる前に、フラットな状態で周囲の情報を得たいでしょう」

「雄二さんを調べているというのは、嘘だったんですね」

　風子は嫌味を言った。

すると高里は「とんでもない」と素《す》っ頓狂《とんきよう》な声を出した。

「嘘なんてついてませんよ。雄二さんを調べていたのも事実です。僕はもともと邑楽さんを調べていましたが、横浜支店のほうで雄二さんの調査依頼が入ったのです。たまたまその二人に接点があったから、雄二さんについての調査も、僕が引き受けて同時に調べていただけです」

にわかには信じられなかった。だが話の筋は通っている。大手の探偵事務所だと別件のターゲット同士が接触することもあるだろう。そういった場合に調査員間で融通を利かせることはあるだろう。

「雄二さんの何を調べていたのですか？」

「それは、無関係のあなたに話せないですよ」

せせら笑うように言った。

「何の調べか知りませんが、依頼人にはもう報告したのですか？　兄の健司さんについても、調べはついたのでしょうか」

「――」

風子の勘が働いた。雄二の身辺について調べたものの、兄の健司の居所はつかめなかったのだろう。調査報告としてダメということはないが、兄の情報もあるに越したことはない。

「健司さんがどこにいるか知っているのですか？」

「お教えするかは、あなたが雄二さんを追っている理由次第です」

「分かりました。話しましょう」

電話の向こうからため息が聞こえた。探偵を探偵するのだ。普段より面倒に感じているのだろう。

「雄二さんには婚約者がいます。真理《まり》さんというかたです。真理さんの親御さんから依頼を受けて素行調査をしていました。雄二さんと生活圏が近いので、馬車道の飲食店で二人は知り合ったようです。ですが真理さんのほうは山手のお嬢様ですからねえ。親御さんは、娘が連れてきた婚約者が怪しいと警戒しています。この縁談はいずれにしてもダメになるでしょう」

「どうしてそんなことが言えるんですか？」

「真理さんも、あなたと同じように騙されていたからですよ。雄二さんは真理さんに対して、兄の名前、健司を名乗っていました。雄二さんは結婚している。前妻とは切れているみたいですが、前妻のこだわりで籍を抜いてもらえないようです。だが新たに山手のお嬢様との結婚話が進んだ。事実婚じゃ、財産相続権も不確かなのだから、正式に入籍したかったのでしょう。それで無戸籍の兄と偽って、新たに戸籍を作ろうとした」

風子はあ然として、何も言えなかった。

雄二の悪だくみにも驚いた。

だがそれ以上に、戸籍というものの不可思議さに茫然とした。

健司のように戸籍がないせいで好きな人と一緒になれない者もいる。他方、雄二のように戸籍を更新できないせいで新たに結婚できない者もいる。

実生活ではほとんど目にすることのない紙きれ一枚の話なのに、どうしようもなく人の縁が振り回される。

「雄二さんがお金目当てじゃなかったら、何も問題なかったんでしょうね。きちんと本名を名乗って、真理さんと事実婚をすればいいわけですし」

思わず素直な感想を漏らした。

「そうですかねえ」高里はのんびりと言った。「雄二さんや真理さんだって、何かしら、結婚の形が欲しいんじゃないですか」

康平も同じようなことを言っていた。実質が大事と理解していても、形式にこだわる気持ちが捨てきれないと。

「雄二さんを追っていた理由は分かりました。兄の健司さんは、寿町にあるK荘という簡易宿泊所にいるはずです」

電話の向こうでガサガサと物音がした。慌ててメモを取っているのだろう。「兄、不明」とだけ報告するはずのところを具体的に報告できるのだ。追加調査をすることになるはずだ。

「それで……どうして私を探っていたのですか?」

「あなたを探している人がいるんです。正確には、邑楽郡出身の『フーコ』という女性を探している。調べていくと、あなたじゃないかとアタリがついてきたので、周辺を洗っていたのです。生き別れた娘を探しているらしいです」

心臓が痛いくらいに高鳴った。

風子はずっと母を探していた。一方、風子を探している者がいるという。母のほうでも風子を探しているのだろうか。

「依頼人の名前は?」

「今の段階でお教えすることはできません」

「男性ですか、女性ですか」

「男性です」

胸の内に失望が静かに広がった。

風子を探しているのは、母ではないのか。

風子の記憶に父の姿はどこにもない。夕日の逆光の中に母の背中のシルエットが浮かぶだけだ。母子家庭だったのだと納得していたが、実の父は生きていればどこかにいるはずだ。その父が、風子を探しているのだろうか。

「どうです、詳しいお話を聞きますか？」

母につながる手掛かりはすべて集めたい。迷いはなかった。

「はい、聞かせてください」

面会の約束を取り付けると、電話を切った。

電話を握る手に汗がじっとり浮かんでいた。鼓動はまだ、収まらなかった。

第五話

棄民戸籍とバナナの揚げ物

1

千駄木駅から千代田線で北千住《きたせんじゅ》駅まで行き、東武鉄道の改札をくぐった。

ボストンバッグを腕にかけて持ち直す。腕時計をちらりと見ると、時刻は午前十一時四十分だ。電車がくるまで二十分以上余裕がある。十メートルほど引き返して、売店で駅弁を買った。

特急用改札を通りホームにぼんやり立っていると、リバティりょうもう十三号がシュウトントン、シュウウトントンと、にぎやかな音を立てて入って来た。白とグリーンでカラーリングされた陽気な車体に目がちかちかする。

邑楽《おうら》風子は深呼吸をしてから乗り込んだ。

自分でもはっきり分かるくらい緊張していた。

風子を探している人がいると聞いたのは、先月、二月の上旬だった。

高里准一という男が風子のあとをつけていた。高里はバスコダガマ探偵事務所の群馬支店に所属する探偵だ。高里の依頼人は生き別れた娘を探しているという。娘は邑楽郡出身の『フーコ』といった。

天涯孤独だと思っていた自分を探している者がいる。高里は依頼人の名前を明かさなかったが、男だという。

父が風子を探しているのではないか。

期待せずにはいられなかった。

児童養護施設に入る前、母と暮らしていたことは覚えている。記憶はあいまいで、家の場所や周辺の風景すら分からない。

父に関する記憶は一切なかった。父について母と話した記憶もない。母子家庭だと思っていたのだ。父のことは当たり前に諦《あきら》めていた。母の居場所は探し続けていたが、父の居場所なんて考えたこともなかった。

こうして風子が生を享《う》けている以上、実の父親はどこかにいるはずである。ごく当然のことが新鮮に感じられた。

父はどういう人なのだろう。

血がつながっているとはいえ、他人同士のようなものだ。今さら顔を合わせても何を話していいのか分からない。

話が盛り上がる必要はない。顔を見て、何をしているどういう人なのか知るだけでいい。それだけで根無し草に根が生える。

大気圏外でほうりだされた宇宙ゴミのように、何ともつながらずに世の中を漂っている。それが風子だった。どこから来たのか分からないから、どこに行くのかも分からなかった。父がどんな人なのか分かれば、風子を地上にとどめておく紐《ひも》が一本できる。父から母の情報を訊《き》き出せればさらにラッキーだ。

だが人違いの可能性もある。高里からも釘《くぎ》を刺されていた。期待しすぎないように気持ちを静めようと努めていた。

落ち着かない気持ちのまま、駅弁の包みを開いた。

正方形の弁当箱は四つに仕切られていた。松花堂《しょうかどう》弁当である。ゴマが散らされた白米に小さい梅干がのっている。隣の仕切りには沢庵《たくあん》と青菜、黒豆、鶏《とり》のつくねが詰めてある。その上には、ひじきときんぴらごぼう、卵焼き、焼き鮭《じゃけ》の切り身。残る一つの仕切りは煮物である。こんにゃく、にんじん、里芋、がんもどきが煮合わせてあった。

がんもどきを口に入れて嚙《か》むと、甘い出汁《だし》が口いっぱいに広がった。黒豆はしっかり甘い。青菜で口直しをして、鶏のつくねで白米を食べる。全体に少しずつ味つけが濃い。弁当と一緒に買ったペットボトルのお茶が進んだ。

いつもおかずより先に白米がなくなる。生活は楽ではなかったから、少しのおかずと沢山の白米を食べるペース配分が身についてしまっている。

それぞれのおかずに対する白米の割り当て量を考えながら、慎重に箸《はし》を進めた。最後に一切れだけ残した沢庵をコリコリ食べると、ペットボトルのお茶を一気に飲み干した。

何となくすっきりした気分だった。

居眠りをして、特急が久喜《くき》駅を通り過ぎたころに目が覚めた。

住宅街の合間に見える緑色は薄い。三月上旬の柔らかい日差しを受けて弱々しく顔をのぞかせている。三月に入って気温はあがってきたものの、肌寒い日のほうが多い。薄手のコートが手離せなかった。

館林《たてばやし》駅で東武小泉《こいずみ》線に乗り換え、二十分ほど電車に揺られる。午後一時すぎの車内は空《す》いていた。十人にも満たない乗客のうち、半分ほどは南米系のルーツを持つとみられる人たちだった。目的地の大泉町は南米からの移民、特に日系ブラジル人が多く住んでいる。

高里も南米系の濃い顔立ちをしている。両親の代で日本にやってきたという。日本生まれ日本育ちだが、国籍はブラジルだ。

大泉町は住民の二割近くが外国籍の者である。高里のような者も珍しくはない。

西小泉駅で下車し五分歩いて、待ち合わせ場所のブラジリアンプラザに着いた。

横に長い二階建ての建物だ。日焼けして色の薄くなった看板のせいで、外からだと昔のボウリング場のように見える。

二階にあがるエスカレーターは壊れていた。電灯の切れた階段をあがり、食堂に入った。

外国語で盛んに話していた中年男性二人が急に黙ってこちらを見る。二人の男はそれぞれ、黄ばんだ白シャツと皺《しわ》だらけの水色のストライプシャツを着ている。日本人が来店するのは珍しいのかもしれない。男性たちは気にするふうでもなく、すぐにまた話し始めた。言葉のイントネーションから、ポルトガル語だろうと推測できた。他に客はいない。

売り場で缶入りのガラナを買って、隅のほうの席に座った。

約束の一時半まで五分もない。みぞおちがそわそわして落ち着かない。ガラナの缶を開けて口に含んだ。

薬っぽい香りとともに癖のある甘みが広がる。炭酸はあまり強くない。美味《おい》しいのだが、それ以上飲み進める気が起きなかった。これから会う人たちに気を取られていた。

待ち合わせ時間を少しすぎた一時三十六分に、高里と一人の男が入って来た。

「お待たせしてすみません」

スーツ姿の高里が、浅黒い顔に笑みを浮かべた。

風子はおそるおそる、高里が連れてきた男を見た。

身長は高くない。せいぜい百六十五センチくらいだ。長身の風子と並ぶと、風子の目線のほうが上にくる。胴が太く、豆タンクのような体型だ。肌は浅黒いが高里ほどではない。下膨れの面長で鼻が大きい。五十代か六十代に見えた。

「ホルヘ・パルマさんです」高里が言った。

パルマと紹介された男は、戸惑ったように首をかしげながら、手を差し出した。

風子も手を差し出して、握手を交わした。互いの戸惑いが伝わるように、力の入らないソフトな握手だった。

「邑楽風子です」

「邑楽郡出身の、フーコですか？」

パルマの日本語には若干の訛《なま》りがあった。

「はい。邑楽郡邑楽町で育ちました」

沈黙が流れた。三人は探るように、互いの顔をきょろきょろと見た。それぞれに気まずそうな顔をしている。

「あのう、これって」

風子が遠慮がちに口を開くと、パルマがあっさり言った。

「人違いでしたね」

風子は静かにうなずいた。

一目見たときから、これは違うと思っていた。

風子の顔もどちらかというと濃いほうである。昔から眉毛《まゆげ》は黒くふさふさしていた。輪郭も面長である。だが、目の前にいるパルマと自分は、どうしても結びつかなかった。

風子はどちらかというと、厳しい印象の顔をしている。頬骨《ほおぼね》も出ているし、顎《あご》もとがりぎみだ。下膨れで人のよさそうなパルマとは、印象がかけ離れていた。

三人は一応腰をかけた。すぐに解散というわけにもいかなかった。

「念のため訊きますが」パルマが言った。

「チチャモラーダは好きですか？」

「チチャ……なんですか？」

唐突な横文字に脳が戸惑っていた。

パルマは目を閉じて、残念そうに首を横に振った。

「娘が好きだった紫トウモロコシのジュースです」

風子はジュースの見た目すら想像がつかなかった。紫トウモロコシと言うくらいだから、紫色なのだろうか。

「やはり、人違いでしたね。フーコさん、すみません。高里さんからはあらかじめ、人違いかもしれないとは言われていたのですが、どうしても会ってみたいと、僕が頼みました」

「いえ、いいんですよ」

嘘《うそ》ではなかった。風子としても、一度は会ってみないと気がすまなかっただろう。すべての可能性をあたってみたかった。

母はよくバナナの揚げ物を作ってくれた。風子の大好物だった。

以前、依頼人からの指摘で、バナナの揚げ物はブラジル料理だと気づいた。邑楽市に隣接する大泉町はブラジル人が多く住む町だということを知り、大泉町に何度か訪れたこともある。

地元民が通う飲食店に聞き込みをしたが、これといった情報はつかめていなかった。母を探しているというだけで、母の名前も分からないし、顔写真もないのだ。訊き出そうにもとっかかりがなかった。

大泉町の人間が風子を探していると言われれば、会わないわけにはいかない。望みが薄かったとしても、だ。

「私はペルーから来ました」

パルマがぼそっと言った。

「でもずっと前、四十年くらい前です。今は日本の永住権もあります。日本人の女性と結婚したのですが、娘が四つになるころに、妻は娘を連れて出て行ってしまった。その娘を探していたのですが。ごめんなさい。わざわざ来てもらったのに」

「いえ、いいんです」

風子は繰り返した。

「念のためですが、ご結婚されたお相手の名前をうかがってもいいですか?」

パルマと自分の間に血のつながりがあるとは思えなかった。だが見た目から推測しているにすぎない。日本人の母親に似たという可能性が捨てきれないと思った。

「アライカズコといいます。荒々しいの荒に井戸の井。和風の和に子供の子で、荒井《あらい》和《かず》子《こ》」

風子は手帳を取り出してメモをとった。

「娘さんの名前の漢字は？」

「それがよく分からないんです。多分、風の子と書いて風子《ふうこ》ですが」

「分からないというのはどういうことですか？」

「三十年以上前のことです。当時の私は日本語をよく分かっていなかった。簡単な日常会話すらできず、漢字はもちろん読めません。妻とは互いに片言の英語で話していました。そのまま毎日工場で働き詰めでした。家にもあまり帰っていませんでした。子供ができて、そのまの流れで結婚したものの、当時の私は妻や娘にあまり関心を抱いていなかった。だから妻は愛想をつかして出て行ったわけですが」

「どうして今になって娘さんを探そうと？」

パルマは口元を少し歪《ゆが》めた。言い淀《よど》んでいるように見えた。

「病気です。すい臓にがんが見つかりました。あと何年も生きられません。急に娘のことが気になってきて……今さら勝手なものですけど」

「奥さんの居場所はつかめていないのですか？」

パルマは首を横にふった。

元妻の和子とは職場で出会ったという。パルマは当時自動車工場に勤めていた。工場に付属する食堂でアルバイトをしていた和子と仲良くなり、交際に発展した。

自動車工場の名前を訊く。スマートフォンで検索すると、現在も同じ場所にあった。

パルマはすでに自動車工場を解雇され、現在はペルー料理の店を経営しているという。

「風子さんは今何を？」

パルマが遠慮がちに訊いた。

風子は来歴を説明した。五歳で母と生き別れ、児童養護施設を出てからはアルバイトをしていた。貯《た》めたお金で数年前に探偵事務所を始め、依頼人の先祖をたどりながら母を探している。

詳しく話せばパルマから何か情報を得られるかもしれないという打算もあった。パルマは大人しく話を聞いていた。何か知らないかと訊くと、「すみません」と短く答えた。

「ご足労頂いて申し訳ないです」

高里が再び頭を下げた。

三人はそれぞれに挨拶《あいさつ》を交わし、散会となるかと思われたとき、パルマが唐突に言った。

「一緒に写真を撮ってもいいですか」

片手に古い型のスマートフォンを握っている。

「人違いだと思いますけど、もしかしたら親子かもしれないので、念のため、というか、記念というか」

頬が自然とゆるんだ。念のための記念撮影というのが面白かった。

風子がうなずくと、パルマはスマートフォンを高里に渡した。

パルマと並ぶとパルマが一歩離れた。記念撮影というわりに二人の間に距離がある。一歩ぶんの距離をあけて二人は立ち、曖昧《あいまい》に笑って写真に収まった。

出て行く二人の背中を見送りながら、ガラナをぐいと飲む。ぬるくなって炭酸が抜けている。癖のある香りだけが残る甘い飲み物だった。

拍子抜けしてしまった。

人違いかもしれないと覚悟はしていた。話を聞いていくなかで矛盾点や疑問が生じ、人違いと発覚する可能性がある。期待しすぎずに慎重に話を聞こうと思っていた。

だが実際は、一目見た段階で「人違いだ」と直感した。あっけないものだった。

邑楽郡の世帯数は四万五千ほど。人口は十万人ちょっとだ。邑楽郡出身の「フーコ」は何人もいるだろう。その中で、親と生き別れた「フーコ」がどれだけいるだろうか。邑楽郡出身の「フーコ」という共通点は偶然なのか。

荒井和子を追ってみようと思った。パルマは元妻の和子の居場所を知らないという。

メモをとった手帳を見つめる。

パルマと和子が出会った工場名が書いてある。二人が勤務していた時代からすると約三十年が経《た》っている。今の従業員で和子を知る人はいないかもしれない。しかし当たってみる価値はありそうだ。

手帳を閉じると静かに立ち上がった。

自動車工場には広大な土地が使われていた。

倉庫のような天井の高い社屋が三つ、横に並んでいる。

脇《わき》には二階建ての事務所、その前にはだだっ広い駐車場が広がっていた。駐車場は終わりが見えないほど、奥に広く伸びていた。

立て看板によると、駐車場の先には社員用の食堂と多目的広場があるらしい。

もはや一つの村のようだった。

駐車場を横切って二十分ほど歩いた。数百人単位を一度に収容できる大きな食堂だ。大学のキャンパスにある食堂のようだ。掃除は行き届いているが、建物は古い。外壁にはところどころひび割れがある。真新しいクリーム色の塗装で、ひび割れを無理やりごまかしている。少なくとも築二十年以上が経過しているように見えた。

自動ドアの前から中をのぞくと、数名の中年女性がテーブルを拭《ふ》いている。食事をしている者はいない。

時刻は午後三時過ぎである。従業員の昼休みは終わり、片づけをしているのだろう。

中に入って、テーブルを拭いている五十歳くらいの女性に話しかけた。

「荒井さん？　知らないです」

女性は面倒そうに答えた。

斜めにずれたエプロンを片手で直しながら、周囲をうかがう。

「中田《なかた》さん、どうしたの？」

食堂の奥から声がかかる。中田と呼びかけられた女性は、「荒井和子さんって人を探してるんですって」と事情を説明した。

「ここの従業員は長い人でも十五年くらいです。三十年前の従業員を知っている人はいないと思いますよ」

出てきたもう一人の女は、六十手前だろう。中田よりもベテランのような雰囲気があった。

「工場の社員さんで勤務が長い人はいるけど、食堂の職員のことまで覚えてないと思いますよ」

「こちらの食堂の運営会社は何と言いますか？」

こういった会社が自前で食堂を運営することは珍しい。食堂運営会社が入っていることが多いはずだ。

女は大手の企業名を口にした。

「でもうちが入ったのは二十年くらい前だそうですよ。それまでは長いこと、別の会社が入っていました。前の会社が倒産してしまい、うちが新たに入ったのです」

落胆が隠せなかった。運営会社に問い合わせて、社歴の長い従業員の話を聞くことも考えていた。和子が所属していたであろう食堂運営会社はすでに倒産している。工場の従業員の中で和子を知る者もいなそうだ。

パルマの元同僚からたどることもありえる。けれども、パルマ自身そのくらいはしているだろう。

「ああそういえば、北門の前にあるトンカツ屋さんに行ってみるといいかもしれませんよ。あそこ、四十年以上営業しているから」

女が言うには、食堂の従業員にまかないはない。午前中の仕込みから昼過ぎまで休憩なしで働くからだ。自宅に帰ってからお昼をとる者が多いが、どうしても腹が減ったときは連れ立って門前のトンカツ屋に行くことがあるという。

食堂の従業員たちの行きつけの店というわけだ。過去の従業員が皆同じような行動をとっているかは分からないが、訪ねてみる価値はある。

駐車場を横切って、大きな倉庫の横を通る。風が吹いて、トタン製の壁がカタカタカタカタと揺れた。

コートの前身ごろをきつく合わせなおした。敷地内を歩いていても誰《だれ》ともすれ違わない。

工場は稼働しているのだろう。従業員は建物内で作業しているのだろう。

人通りのない工場を歩いていると、古いゾンビ映画の中に迷い込んだような気分だった。生きた人間は皆、建物の中に避難してしまっている。外を歩いているのはゾンビか、危険を承知で飛び出した者か——などと考えながら倉庫の角を曲がった。

「わっ」思わず小さい声が漏れた。

目の前に二人の男がいた。ぶつかりそうな距離だった。風子は一瞬前につんのめったが、すぐに後ろに避《よ》けた。

敷地で見かけた初めての人間である。

ジャージのようなラフな格好をした背の高い男たちだ。年齢は五十過ぎに見える。ひとりは引退した力士のように厚みのある体格をしている。もう一人はやせ型である。

男たちは従業員ではないように思えた。工場勤務の場合、作業服を着用するだろう。

「おい、いたぞ」

やせ型の男がもう一人に対して言った。

険のある物言いに驚いて、一歩脇に飛びのいた。

大柄なほうの男の腕がすっと伸びてきた。風子はとっさに自分の腕を引いた。

リーチの長さが違う。ぐっと伸びた手が瞬時に風子の腕をつかむ。伸びた爪《つめ》が腕に食い込んで痛い。

「お前が邑楽風子か」

やせた男のほうが言った。

風子が答える間もないうちに、大柄なほうの男が口を開いた。

「お前の親父《おやじ》はどこにいる？」

「何ですか、あなたたちは」

必死に平静を装って言ったが、声はかすれていた。突然のことに理解が追いつかなかった。

改めて男たちを見る。アジア系の顔だが、全体に彫りが深く、エキゾチックな印象を漂わせている。会ったことはないように思えた。

「いいから答えろ」

大柄なほうの男が低く言った。言葉に訛りはない。

目の端に北門が見えた。走れば数十秒の距離だ。だが風子の腕は男にしっかりつかまれている。

「父親って、誰のこと？」

「とぼけんじゃねえ」大柄な男が大声で怒鳴った。

脇ではやせたほうの男が、風子の逃げ道をふさぐ場所に立っている。

「とぼけているわけじゃないです」

言いながら、男たちの服装に釘づけになった。大柄なほうが黄ばんだ白シャツ、やせたほうが水色のストライプシャツを着ている。

先ほどブラジリアンプラザの食堂にいた二人組だ。あのときは座っていた。二人とも背が高いから、立っていると印象が異なる。それですぐには分からなかったのだ。

頭のなかを必死に整理した。パルマと会った直後に父親の居場所を詰問されている。パルマ絡みで何か事情があるのだ。彼を監視していた人間が、パルマと会った風子にターゲットを移した。ブラジリアンプラザからこっそりつけてきたのだろう。

「誰のことを知りたいんですか？」

つかまれた腕をうしろに引き戻しながら言った。男が力をゆるめる気配はない。

「マテウス・オガタだよ。お前、オガタの娘だろ」

表情を変えないように努めた。

マテウス・オガタ。

初めて聞く名前だ。マテウスという名前がブラジル人男性の間で一般的なのは知っていた。マテウスというブラジル人サッカー選手がいたはずだ。

もとはと言えば、パルマが父親かもしれないという話だった。しかしこの男たちはパルマではない別の人物が風子の父だと信じているようだ。そう信じるだけの事情を抱えているのかもしれない。男たちの粗暴な雰囲気にひるみながらも、情報を訊き出そうと質問を重ねた。

「どうしてマテウス・オガタが私の父だといえるんですか？」

風子としては素直な疑問だった。だが男たちからすると、人を食った受け答えに感じたらしい。

突然、頬に衝撃が走った。男の手が顔のすぐ横にあった。ぶたれた頬がじんじんと痛む。口の中に血の味が広がった。歯が口の内側にあたり、切り傷ができたようだ。平手うちをくらったらしい。

殴ったのは、やせたほうの男だった。手が出るとしたら大柄なほうだと思っていたから、やせた男の挙動には油断していた。思わぬ方向からの暴力にしばしあ然とした。恐怖よりも先に怒りが湧いてきた。男たちの顔をにらみつけた。

「何も知らないです」

「しらばっくれても無駄だ。パルマがオガタの娘に会うという情報は確実な筋からつかんでいる。パルマとの面会の様子もさっき確認した。さっさとオガタの居場所を吐けよ」

やせた男が冷たく言った。下手に怒鳴られるより恐ろしかった。

「本当に知らないです。マテウス・オガタというのは誰ですか？」

もう一度頬に大きな衝撃を受けた。ゴリッと固いものがぶつかったのが分かる。今度は平手打ちではない。拳《こぶし》でぶたれたのだった。

顔の中央が激しく痛んだ。鼻の下に生温かいものが流れるのを感じる。空いているほうの手で口元を押さえると、べっとり赤い血がついた。

恐る恐る指をあてると、鼻筋がかなり痛い。身体《からだ》じゅうの血が鼻に集まったように、顔の中心がずきんずきんと痛んだ。鼻の骨が折れているのだ。

女ひとりくらい暴力でどうにでもなると思っているであろう男たちが憎かった。

真っ赤になった手を鼻の下にあてながら、口を開いた。

「知らないです。その人とは会ったこともないし、今日初めて名前を聞きました」

やせた男をにらみ返した。絶対に負けるものかと思った。

男たちは互いに視線を交わした。風子の言うことを信じていいか迷っているのだろう。

風子はとっさに、血でどろどろになった手で、風子をつかむ大柄な男の腕をつかんだ。

男のシャツに血がべっとりつく。

男は一瞬ひるみ、風子の腕をつかむ力がゆるんだ。

すぐさま腕を抜き、弾《はじ》けるように走り出した。

一歩進むごとに鼻が激しく痛んだ。血が頰を横に流れるのを感じた。痛みでほとんど周囲は見えなかった。ただ北門だけを視界の中心にとらえていた。

門を出てすぐ向かいにトンカツ屋があった。躊躇《ちゅうちょ》なく引き戸を引き、飛び込んだ。内側には古いタイプの鍵《かぎ》がある。上から下に鍵を押し下げ、内側から施錠した。

表から「おい、どこだ?」「あっちか」という男たちの声がした。風子の影が引き戸から見えないよう、倒れ込むように引き戸の脇に身を寄せた。

店内で週刊誌を読んでいた店主らしき男が顔を上げた。慌てた声で言った。

「おい、どうした。血まみれじゃないか」

風子は息をつくと、その場にへたりこんだ。パルマにオガタ、粗暴な男たち。何が何だか分からなかった。遅れて恐怖心がきた。震える脚を両腕で抱える。女一人に対して男二人。殺されてもおかしくなかった。安全な場所にきてはじめて、冷静に状況を認識できた。

店主に経緯を説明し、小一時間ほどかくまってもらった。ちょうど客のいない時間帯なのが幸いだった。

店主の奥さんがタオルを持ってきてくれた。「粗品」の熨斗《のし》つきの新品である。鼻にあてながら、二人に「荒井和子を知らないか」と尋ねたが、二人とも首を横に振るばかりだ。

「工場の人たちはいつも来てくれて、お世話になっていますけど。入れ替わりの多い仕事だから、誰かと親しくなるということもないのです」

奥さんが申し訳なさそうに言った。

「でも最近の工場の人たちは揉《も》め事《ごと》を起こすのを嫌がります。刑事事件になったら職を失いますし、在留許可に関《かか》わりますから。お姉さんを襲ったのは工場の人ではないと思います」

かばうような口調だった。日頃《ひごろ》接している工場の人たちを悪者にしたくないのだろう。ブラジリ
男たちは私服を着ていたことからしても、工場の従業員だとは思えなかった。

アンプラザから風子をつけてきて、ひと気のないところで接触してきたのだ。

「それよりもあんた、救急車を呼ばなくていいのか？」

店主が風子の顔を見て言った。鼻血はどくどくと流れ出ている。顔の中央がひどく痛んだが、救急車を呼ぶほどではない。

「タクシーを呼んでください」

鼻を押さえながら立ち上がる。店主が「おい、送っていってやれよ」と奥さんに言う。

「近くの病院まで乗せていきますよ。ちょうどスーパーに行くところでしたから」

奥さんはエプロンを外し、車のキーを握った。

2

鼻に大きなガーゼをつけた状態で、病院から出てきた。日はとっぷり暮れていた。腕時計を見ると、午後六時半である。

すでに鼻血はとまっている。ガーゼは外してもよさそうなものだが、一応、そのままつけておいた。

病院ではCT検査を受けた。鼻の骨が折れていた。

もっとも、検査をするまでもなく鼻の骨が折れていることは明らかだった。鏡を見ると、鼻筋が少し右に傾き、鼻全体としては「く」の字になっていたからだ。そのままにしておいても骨は元通りになるが、鼻の形が歪んでしまうし鼻水の通りも悪くなる。後日改めて、形成外科で整復手術を受ける必要があるという。

病院の駐車場に高里がいた。軽く手をあげ、ここにいると伝えているようだ。車に乗り込むと、高里は車を発進させた。

「こんなことになりすみません」高里が言った。

病院に行く前に、高里に連絡を入れていた。高里の依頼人であるパルマの関係で襲われたことは明白だったからだ。高里は前橋市にある「バスコダガマ探偵事務所」群馬支店に戻る途中だったが、風子からの連絡を受け、大泉町に引き返してきた。

風子は高里に、男たちの服装や体格の特徴を伝えた。

「あの男たちに心当たりはありませんか？」

高里は渋い顔のまま何も答えない。

「パルマさんの交友関係に心当たりはないんですか」

「よく分かりません。もともと治安が良い地域ではないですしねえ」

歯切れの悪い答えを口にした。

「パルマさんの来歴は本人がおっしゃったとおりです。自動車工場の勤務を経て、今はペルー料理屋の店主をしています。ただ、それはここ十数年の話です。それ以前に彼が何をしていたのかは知りません。邑楽さんを襲った男たちは、日系人ギャングの生き残りじゃないでしょうか」

「日系人ギャング？」

「ええ。一九八九年に入管法が改正されたのをご存知《ぞんじ》ですか。翌年に施行しています。日系三世までは定住者としての資格が与えられ、日本で就労できるようになったのです。これを受けて、一九九〇年代には多くの日系人が日本にやってきました。日系人ギャングを組織して、暴力団の使い走りのようなことをしていた者がいたのです。日系人の中でもほんの一部の人にすぎませんよ。多くの日系人は、日々の暮らしと労働で悪さをする余裕すらなかったんですから」

信号待ちに差しかかり、高里はカーナビゲーションの画面を操作した。

「ホテル、ここでよかったですよね」

風子はうなずいた。

宿まで送ってくれると言い出したのは高里のほうだ。風子としても、高里から話を聞きたかった。

「ええっと、それで……大泉町にも日系人ギャングがはびこっていたんです。関西系指定暴力団の傘下に入っていて、一時は三百人くらいいたかな。でも二〇〇〇年代後半になると日系人ギャングはいつの間にか大人しくなりました。当時の若者たちも結婚して子供ができて、それぞれ定職につくようになったんです。今はすっかり見かけませんし、ここ十年の治安向上はめざましいです。突然外部の者に殴りかかるようなことはありません。邑楽さんを襲った男たちの動きは、以前の日系人ギャングのような振る舞いに近いような気がします。男たちが五十代くらいだとすると、九〇年代にちょうど若者だった人たちでしょう。年齢的にも符合します。警察に被害届を出されてはいかがですか？」

警察に行くことは風子も考えていた。恐ろしい男たちを捕まえてほしい気持ちはあった。だが警察が下手に動いて男たちに勘づかれ、逃げられる可能性もある。そうなると、父に関する情報も得られなくなってしまう。それだけは避けたかった。

「警察はいずれ行きますが、もう少し男たちの周辺を洗ってみようと思います。パルマさんからももう一度話を聞かせてください。男たちが言っていたことが本当なら、パルマさんは何かを隠しているはずです」

高里は眉間《みけん》にしわを寄せて、うなずいた。

「もちろん。パルマさんのほうは任せてください」

翌日、高里はパルマを引き連れて、ホテル近くの喫茶店にやってきた。高里と店主が懇意にしており、奥の個室を用意してもらっていた。先日のブラジリアンプラザでは男たちに話を聞かれていた可能性があった。

チェスナットブラウンで統一された古い喫茶店の壁には、立派な鳩《はと》時計がかかっていた。葉の形をした振り子が等間隔で揺れている。天井から吊《つ》ってあるランプの光はくすんでいた。暗闇《くらやみ》から浮き上がるようにしか相手の顔が見えない。

ホットコーヒーに少しも口をつけず、パルマは頭を下げた。

「本当にすみません」

昨日から謝られてばかりだと思った。パルマの顔の凹凸に濃い影ができていた。落ちくぼんだ目元には疲れがにじんでいる。

「それはロドリゲスとイトウだと思います。大柄なほうがロドリゲス、細いほうがイトウ。二人とも日系ブラジル人です。私が昔つるんでいた仲間です」

高里の予想は当たっていた。

パルマは日系人ギャングに所属していたことがあった。バブル崩壊後、自動車工場を解雇された頃の話だ。暴力団の傘下に入って債権回収業務をしていた。多少荒っぽいこともしていたようだ。

「あの頃はまあ、荒れている人も多かった。構成員それぞれの出身国と比べると、日本は銃もないし、怖いものなしって感じで暴れまわっていたんです」

「マテウス・オガタというのは？」

パルマはさっと顔色を変えた。頬のあたりをこわばらせている。警戒の色をうかべながら、風子を見つめ返した。

「二人はオガタのことを言っていたんですか？」

「オガタの居場所を探しているとのことでした。彼らは私をオガタの娘だと思っているようです。パルマさんがオガタの娘に会うという情報を得て、ブラジリアンプラザからつけてきたみたいでした」

「私の脇が甘かった。まさかロドリゲスやイトウがオガタを忘れていなかったとは……ブラジリアンプラザに二人がいることにも気づいていませんでした。かれこれもう、三十年も会っていませんから、道端で会っても本人だと分かる自信はありませんが」

パルマは肩を落とした。

落胆する様子を見て風子はいらだってきた。パルマが落ち込むのは筋違いだ。訳の分からないことに風子を巻き込んでおいて、勝手に落ち込んでいる。

「それで、オガタというのは何者なんですか？」

「私たちの昔の仲間の一人です。というか、ギャングたちのリーダー格でした」

「あの男たちはどうしてオガタを探しているんでしょう」

「昔、ギャングの間で内輪揉めがあって、ロドリゲスの弟は亡くなり、イトウの兄は大怪《おおけ》我《が》を負いました。外国人同士のいざこざということで警察もほとんど介入せず、事故として片付けられたようですが。やったのはオガタだと噂《うわさ》されていました。それで二人はオガタを恨んで探しているのではないかと思いますが……」

「そのオガタが、私の父だというんですか？」

パルマはうなずいた。

「おそらくそうです。娘は『フーコ』という名前で、邑楽郡内で育てられている、と聞いています。それ以上の情報はない」

「あなたはオガタの娘を探すために、探偵に依頼したということ？」

高里のほうをちらりと見て言った。

パルマはバツが悪そうに頭をかいた。

「そうです。すみません。探偵と言っても、最近は誰でも探してくれるわけじゃないんでしょう。ストーカー被害とかありますし。人探しの理由が必要だと聞きました。自分の娘ということにして、探してもらおうと思ったのです」

「それじゃ、娘さんと生き別れているという話は嘘ですか？」

「妻が出て行ったのは事実ですが、私に子供はいません」

それなら、すい臓がんに侵されているという話も嘘なのだろうか。気になったが、病気のことは訊きづらかった。少なくともパルマが父親ではないことははっきりしたのだ。それ以上のパルマのプライベートを知る必要はない。

記念写真を撮ったのも、娘を探している父親を演じる一環だったのだろうと推測した。

「どうしてオガタの娘を探していたのですか？」高里が訊いた。

パルマは視線を外し黙り込んだ。小柄でむちっとした身体をかばうように丸めている。表情には厳しい色が浮かんでいた。

鳩時計の振り子が動く音がいやにはっきり聞こえた。誰も口を開かなかった。我慢比べのように、風子も黙りこくった。

数十秒してから、パルマは短く、「言えません」と言った。

「言えませんって何ですか。今回の件で、邑楽さんは怪我を負っているんですよ。事情を説明する責任があるはずです」

高里が言いつのったが、パルマは首を横に振るだけだった。

「すみません。怪我のことは申し訳なく思っています。けど、どうしても言えません。ごめんなさい。容赦してください」

パルマは机にへばりつくように頭を下げた。机の上に丸い影が伸びる。卑屈ともいえるパルマの恰好《かっこう》を見ると、風子は何も言えなくなった。

「マテウス・オガタの居場所を知っていますか？」

風子が訊くと、パルマは顔を上げた。

「探すんですか？」

「私はずっと母を探していました。今回、思いがけなく父に関する情報を得た。これをたどらない手はありません」

パルマは困ったように首をかしげ、頭をかいた。

「オガタに関する最も新しい記憶は何ですか？」

「最後に会ったのは、九〇年代の半ばでした。私は何年かギャングにいましたが、妻と結婚したタイミングで堅気に戻ろうと決心したんです。ペルー料理屋を始めるために、ギャングを抜けました。そのときがオガタと会った最後かな。オガタはそのときはまだギャングにいたはずです。その後オガタがどうなったのかは知りません。ただ、今になってロドリゲスやイトウがオガタを探していることからすると、オガタがどこかで生きているという情報を二人はつかんでいるのかもしれません」

「オガタとパルマさん、共通の知り合いは他にいませんか？」

パルマはこめかみを指でぐいぐいと押さえて考え込んだ。

「知り合い、うーん。私はペルー人、オガタはブラジル人ですから、同じギャングに所属していたとはいえ、生活するコミュニティはかぶっていないんです。ペルー人の仲間でオガタを知る人は私以外にいませんし……あっ、駅の近くのアミーゴというバーに行ってみるといいかもしれません。昔からあるバーで、日系ブラジル人のたまり場のようになっていました。店長が何か知っているかもしれない」

パルマからアミーゴの場所を聞き、手帳に住所を書きつけた。

パルマはさらに何度か謝り、高里とともに帰っていった。喫茶店に一人残った風子は冷めきったコーヒーをすすった。

香りもすっかりとんでいる。苦い味だけが口の中に広がる。

パルマの話によると、オガタは日系ブラジル人のようだ。オガタが本当の父親なら、風子はブラジルにルーツを持つことになる。ずっと日本で暮らしてきて、パスポートも持っていない風子にとって新鮮な驚きだった。戸惑いが大きく、気が抜けてしまった。

なんとか気力を振り絞って立ち上がる。動くと鼻がじんじん痛んだ。ガーゼはもうつけていなかった。鼻血が止まった以上、ガーゼをつける理由もない。だが鼻の根本は動くたびに激しく痛んだ。

喫茶店を出て、周囲を注意深く見渡す。パルマを尾行した男たちが近くに隠れているかもしれない。耳をすませて、ひと気がないか確認する。遠くでがさりと音がした。音がしたほうへ目を凝らすと、ドブネズミが走っていくのが見えた。気を張ったまま歩き出す。

アミーゴが開店する夕方まで周辺で聞き込みを行ったが、これといった情報は得られなかった。

開店時間と同時にアミーゴに入店し、六十代の店主に尋ねてもダメだった。昔オガタというチンピラがいたことは覚えている。喧嘩《けんか》が強かったから印象に残っていた。だがどんな顔だったかと言われれば思い出せない。名前以上のことは何も覚えていないという。

徒労感で重い身体を引きずりながら、宿へと引き返した。まだ午後の早い時間だが、どっと疲れていた。

日系人向けのバーが並ぶ裏通りには人通りが少ない。ランチタイムも終わっている。ずっと先に背を丸めた老婆が歩いているだけだ。どこからともなく、肉が焼ける芳《こう》ばしい匂《にお》いが漂ってきた。

路面店の一角にテイクアウト用の窓口があった。「パステウ　三百円」「フライドプランテーション　二百円」と張り紙がでている。

ちょうど窓口から店員が顔を出した。目が合って、風子は一つずつ買い求めた。五百円玉を一枚渡し、小さいビニール袋を受け取る。

パステウというのは、生地がパリパリとした揚げ餃子《ギョーザ》のようなものだ。中には牛ひき肉と玉ねぎを炒《いた》めたものが詰めてある。具材はシンプルな塩味だ。玉ねぎの甘味がよく出ていた。

口を動かすと、鼻がずきずきと痛んだ。構うものかと思った。やけくそになって、歩きながら一気にパステウを食べきる。

フライドプランテーションは、懐かしい見た目をしていた。小さい頃に母がよく作ってくれた揚げ物に似ている。さっくりとした口触りで、日本の食べ物でいうと芋の天ぷらに近い。

確かに、こういう味だった。

まだ熱いフライドプランテーションをほくほくと食べた。

以前、事務所の下の喫茶店の店主、戸田康平がバナナの揚げ物を作ってくれたことがある。甘いバナナを使ったお菓子のようなもので美味しかったが、幼いころに食べなれた味はもう少しさっぱりしていた。

母が作っていたのは、バナナではなく、プランテーションという植物の揚げ物だったのだ。

マテウス・オガタという人物が父なのだろうか。戦前頃にブラジルに移住して、二世か三世の代で日本に戻ってきた。

ブラジルの日系人コミュニティは強固で、日本食を食べたり盆踊りをしたりと、むしろ本国での生活や伝統を固持しようとする傾向があると聞く。だが現地でブラジル料理にも馴染《なじ》んでいる。日本に戻ってからも、家庭でブラジル料理を食べる。

シャッターが閉まった店先に一枚のポスターが貼《は》ってあった。四隅のうち左上のテープが外れて、そよ風にはためいている。

『ベンヴィンド！　ブラジル街——演歌を聞くとブラジルを思い出す。サンバを聞くと日本を思い出す』

ポスターの隅に書かれた細かい文字を読むと、「ベンヴィンド！　ブラジル街」というのは日系人コミュニティに向けた雑誌の名前のようだ。ブラジルで伝統的な日本的生活を送り、日本でブラジル料理を食べる。ねじれたアイデンティティーが表れている。

すぐ横には、『活《い》きな世界のグルメ横丁　大泉町観光協会』というポスターが貼ってある。ブラジル料理の写真が全面に配置された、やたらに陽気なポスターだ。

裏通りを行き交う人はほとんどが南米系のルーツをうかがわせる外見をしていた。大泉町は外国人比率が非常に高い。日本人と外国人が共生する町だと思っていたが、実際は、巧妙にすみ分けがなされているだけなのかもしれない。

父が日系ブラジル人だとして、母はどういう人なのだろう。このあたりで出会ったのだとしたら、日系人コミュニティの人かもしれない。あるいは、パルマのように日本人女性と結婚することもあるだろう。

風子の見た目は外国人ふうということもない。意外なルーツにうろたえ、どこか現実感のないふわふわした気持ちだった。日本という国で普通に暮らしている自分が、日本人という枠から弾かれる可能性があったなんて、想像したことがなかった。

先祖を探すとき、戸籍をとるのが基本だ。だが日系ブラジル人のように、外国籍の者は戸籍に記載されていない。あたるとすると外国人登録原票だが、本人でないと開示請求はできないはずだ。

何かつかめそうなのに、あと一歩が届かない。

歯がゆい気持ちを抱えながら、ポスターを振り返った。『大泉町観光協会』の名前が視界に飛び込む。観光協会、その手があったか。

その場でスマートフォンを取り出し検索すると、大泉町観光協会には日本定住資料館が併設されている。日系ブラジル人であるマテウス・オガタに関する情報が得られるかもしれない。

郷土資料館などの地元の資料をあたるのは先祖探しの常套《じょうとう》手段だ。風子も図書館の資料室はすでに調べていた。だが、観光協会というのは盲点だった。

風子はふと後ろを振り返った。周囲を注意深く見渡す。また尾行されているかもしれない。警戒心を抱きながら、大通りへ出て行った。

大泉町観光協会の日本定住資料館は、ブラジリアンプラザ一階の一角にあった。図書館の閲覧コーナー程度の一室だ。「移民コーナー」と書かれたエリアには日本からブラジルへと移り住んだ経緯が古い白黒写真とともに紹介されている。

日本人移民のブラジル入国は二十世紀初頭から行われている。一九〇八年には八百八十人の日本人がブラジルの地を踏んだ。とりわけ一九二〇年代からは入国者が急増している。日米関係の悪化により、北米から締め出された日本人移民の受け皿となったのだ。一九二四年からはブラジル移住の旅費を国が全額負担する施策も始まり、日本人の移住者が急増した。ピーク時の一九三四年には二万四千人以上の人間が移住している。日本人移民の出身地は、熊本、福岡、沖縄、北海道など、経済的に厳しい地方が中心である。

そして九〇年代以降、入管法の改正を契機に、多くの日系ブラジル人たちが日本に帰ってきた。バブル期の工場労働者不足は深刻だった。日系人労働者を受け入れることで、製造業の町、大泉は発展してきた。

だが、二〇〇八年のリーマンショックを受けて、日系人労働者の半数近くが失業し、帰国せざるをえなくなる。

国の都合でブラジル移住を推奨しておきながら、労働力が不足したら日本に呼び戻す。景気が悪くなったら首を切って、ブラジルに送り返す。勝手なものだと思った。そのときどきの事情に揉まれて翻弄《ほんろう》された人たちがいる。

隣の展示に目を移すと、色鮮やかなサンバカーニバルの写真が飾ってあった。

九〇年代から二〇〇〇年代前半まで、サンバパレードが盛大に行われていたらしい。当時の写真が数枚、引き伸ばされて額縁に入れられている。

風子はその写真の一枚に釘づけになった。

自分が写っていた。

いや、風子にそっくりな人物だ。瞬《まばた》きをしてもう一度見つめる。風子よりはかなり小柄だが、顔のつくりが瓜《うり》二つと言っていい。知らないところでもう一人の自分を発見したような不気味さがあった。

女は控えめな笑顔を浮かべてこちらを見つめている。絣《かすり》模様の着物を着て、ミンサー織りの半幅帯を締めている。写真は九〇年代のもので、当時の服装としてはかなり古風といううか、地味だ。女のすぐ後ろには、華やかなサンバの行列がある。サンバの雰囲気と女の雰囲気は、水と油のように異質である。一枚の写真で一緒に切り取られているのが不思議なくらいだ。

女の両脇に、男が二人立っていた。女をガードするかのようにぴったりと寄り添っている。一人は派手な開襟シャツを着た筋肉質の男だ。太い眉毛、ごつごつした顔、険のある目。いかにもチンピラという感じだ。

男の口元には微《かす》かな笑いが浮かんでいた。照れたような、拗《す》ねたような笑いだ。満面の笑みではないからこそ、男が幸せであることが伝わってきた。自分の幸せに困惑しているような笑みだ。

もう片方の男は、丸々と太っていた。力士のような堅肥《かたぶと》りだ。顔つきは精悍《せいかん》だが、無表情である。不意打ちで写真をとられたという感じだ。

「その写真が気になりますか？」

声がかかって振り返ると、叩《はた》きをもった女性職員が立っていた。風子のような若い女性が資料館を訪れてまじまじと写真を見るのも珍しいのかもしれない。

「あの、ここに写っている人たちって……？」

「ああ、ペドロさん？」

女性職員は何でもないといった口調で言った。

「この左の、太ったほうの人はペドロさんといって、近くでシュラスコの店をしていますよ。若い頃の俺《おれ》の写真が飾ってある、とよく自慢していますから」

女性職員は半笑いだ。ペドロと呼ばれる男の自慢を何度も聞いているのだろう。

「他の二人は？」

「さあ、知らないですけど。ペドロさんの知り合いじゃないですか。あっ、この人」

女性職員は、写真の女に目を留めて、視線を風子に向けた。写真の女と見比べている。明らかに似ていることに気づいたようだ。

「似てますよね」風子が引き取って言った。

「似てますね」女性職員がうなずいた。「ご縁のあるかたなんですか？」

ご縁のあるかた。良い表現だと思った。母娘《おやこ》みたいと言ってしまえばぶしつけだ。親戚《しんせき》なのですかと聞くのもはばかられる。差しさわりのない表現を探して、口にしてくれたことが分かった。

「事情は分からないのですが、あまりにも似ていますよね」

自分そっくりの人物が、知らない土地の知らない場所で額縁に収められている。不気味であると同時に、妙な感慨を覚えた。

自分は一人で生きているような気がしていた。一人の人間として自分の足で立っている。他の人に寄りかかりはしない。生きたい場所は自分で決めて、自分で動く。自分のことはすべて自分でコントロールしている、と思っていた。

電話帳に名前を載せるかどうか、事務所の看板を出すかどうか、ＳＮＳでの写真の公開設定。自らに関するあらゆる情報は自分で管理する。他人に握られてはいけないし、握られることはない。だからこそ、自分について一番知っているのは自分であると思っていた。

自分の知らない自分を、他人が知っているなんて想像もできなかったのだ。

だがそんな風子とは無関係に、遠く離れたこの地で風子そっくりな女の写真が飾られている。すがすがしい敗北感があった。どんなに抵抗しようとも自分は世界の一部なのだと思い知らされるようだった。この世界に存在する以上、根無し草ではいられない。否応《いやおう》なしに誰かとつながりを持ってしまうし、一切のつながりを消し去ることもできない。

「ペドロさんでしたっけ。このかたのお店を教えてもらってもいいですか？」

女性職員はうなずくと、部屋の隅のラックから飲食店マップを持ってきた。

「この店です」

ブラジリアンプラザから徒歩五、六分ほどの場所を指さした。

飲食店マップを受け取って、礼を言ってから出てきた。陽《ひ》は傾きつつある。道に並ぶ店舗はオレンジ色に染まっていた。

3

自動ドアから店内をのぞく。広々とした店内には数十人の客が入りそうだった。中央にはサラダバーがあり、奥にテーブル席が広がっている。

夕食にはまだ早い中途半端な時間だ。客の入りはまばらで、入り口から見える限りでは、三組六人が座っているだけだ。厨房《ちゅうぼう》からエプロンをかけた中年女性が出てきた。

「何名様ですか？」

中年女性は両手をエプロンで拭きながら言った。

「あ、えっと……ペドロさんはいらっしゃいますか？」

「ペドロは、先代ですが。最近は店に出ていませんよ」

「どちらにいらっしゃる？」

「裏の自宅ですが……何ですか？」

事情を説明しようとしたとき、後ろで自動ドアが開いた。

「いらっしゃいませー」

女性は明るい声を張り上げ、客を出迎えた。風子に「もういいですか」と短く言うと、接客に戻っていった。客とポルトガル語で何かを盛んに話しはじめた。

土日なら日本人観光客も入るだろうが、平日だと地元の客でにぎわうのだろう。風子のようなよそ者が急に訪ねても相手にされるわけがない。普段の改めて電話か手紙で事情を説明し、面会を申し入れたほうがいいかもしれない。先祖探しではそのようにしている。

外に出ると、店の裏から古い一軒家の瓦《かわら》が見えた。駐車場を横切り、細い私道を越えて家の前に立った。「中村《なかむら》」と表札が出ている。位置関係からすると、先ほどの店員が言った「裏の自宅」というのはここに違いないはずだ。

日を改めたほうがいいのかもしれない。だがここまできて、何も得ずに帰る気になれなかった。

おそるおそる、インターホンのボタンを押す。

「邑楽と申します。ペドロさんはいらっしゃいますか？」

家の中でがたがたと慌ただしく動く音がした。勢いよくドアが開いた。

小太りの男性が立っていた。赤いTシャツに黒いジャージ姿である。大きい腹でTシャツの柄が横に伸びていた。ふさふさした髪の半分ほどが白くなっている。肌艶《はだつや》が良いために年齢が読めないが、少なくとも六十代以上には見えた。

男は目を丸めて、風子の顔を見た。

「あんた……」小さく漏らすと、その場で射貫《いぬ》かれたように固まった。

家の奥からポルトガル語で女の声がした。中年以上の女と思われる太い声だ。玄関に出ていった男の様子をうかがう声かけなのではないかと思われた。

「あなたがペドロさんですか？」

風子が訊くと、男は素直にうなずいた。

「あんた……カメちゃんか？」

男はかすれた声で言った。「いや、そんな訳ないか」

家の奥のドアが開いて、小柄な女性が出てきた。年齢は五十代か六十代くらい。カールのかかった黒髪は若々しいが、肌には深いしわが刻まれていた。

女はポルトガル語で男に話しかけた。男も何かを返す。こちらを振り向いて言った。

「あがりますか？」

風子はうなずいた。

ダイニングに案内され、煎茶《せんちゃ》を出してもらった。熱い液体が喉《のど》をとおりすぎる感触が心地よい。外は冷えはじめていた。

風子は、ここに行きつくまでの事情を説明した。父母を探していること、日本定住資料館で自分そっくりの人物を見かけたこと、同じ写真に写っている男性がペドロだと教わったこと。

ペドロは大人しく話を聞いていた。丸っこい両手を握り合わせ、握り替えながらも、目は風子へじっと向けていた。

「俺が一緒に写っていたあの子は、タマキカメちゃんという子だ」

ペドロはテーブルの上のメモ帳を手にした。チラシを切って作ったものらしい。ボールペンで「玉城《たまき》カメ」と書いた。

「男のほうはマテウス・オガタ。二人は同棲《どうせい》していたようだ。俺はオガタとつるんでいた時期があって、それでサンバパレードの日にカメちゃんを紹介された。腹の中に子供がいると言っていたから、よく覚えている。だがその直後、二人は別れたというか、オガタが家に帰らなくなったらしい。カメちゃんは妊娠したことで勤めていた工場をクビになって、生活に困りだした。俺はそのときちょうど小金があったから、助けてやりたい気持ちもあったんだが、金をやるのも違う気がして……たまに飯に行ったりくらいの付き合いだった」

　奥から先ほどの女が出てきて、退屈そうに居間のソファに座りテレビをつけた。夕方のニュース番組が天気予報と桜の開花情報を流していた。彼女はペドロの妻で、名前をルイザという。片言の日本語で自己紹介をしたきり、風子たちの会話に関心を示さなかった。

「その、カメさんはどうなったんですか？」

　カメさん、と他人行儀な言いかたは自分でも可笑《おか》しかった。だが他に呼びようがなかった。

「子供が生まれてしばらくしてから、食堂と飲み屋とで働きはじめたよ。子供は仲間内で預け合っていたみたいだ」

　ペドロは風子の顔をじっと見た。風子がその子供ではないか、と言いたげな視線だった。

「でもしばらくして、カメちゃんは沖縄に帰っていった」

「沖縄ですか」

　玉城というのは沖縄に多い名字だ。ツル、カメ、マツといった名前も沖縄に多く見られる。だが、それは昭和初期くらいまでの話だ。九〇年代に子供を産んだカメは、どう考えても戦後生まれだ。「カメ」という名前は古風すぎるように思えた。

　絣の着物を着た地味な姿も、バブル崩壊前後の女性の服装としては妙に古風だ。

「前からたまに沖縄に帰省していたようです。俺も結婚したらだんだんと疎遠になって、何年か会ってなかったんだが。九〇年代の中ごろかなあ、スーパーでばったり顔を合わせたんだ。そしたら『もうすぐ沖縄に帰る』って言うんで、びっくりして。『お子さんも一緒に帰るの？』って聞いた。俺は赤ん坊の頃しか知らないが、もう幼稚園の年長さんにあがる頃だろうと思って。そしたらカメちゃんは『娘はちょっと前に、先に沖縄に預けた』と言っていた」

風子の中で困惑は深まった。風子が母と生き別れたのは五歳の頃、九〇年代中頃だ。時期としては符合する。カメは自分の娘を捨てて、沖縄に帰った。外向きには「娘は先に沖縄に預けた」と言った。そう考えるとつじつまがあう。

だが期待するのは恐ろしかった。パルマのときのように、期待が裏切られることもあるのだ。風子とは無関係の母娘が沖縄で暮らしているだけなのかもしれない。

「カメさんとその後連絡を取っていますか？」

ペドロは妻のルイザを呼び、ポルトガル語で二言三言話した。

「ちょっとお待ちくださいね。古い年賀状があったかもしれない」

ペドロは風子を振り返って言った。ルイザは家の奥に引っ込んでいった。トトトッと、階段をのぼる音が聞こえた。胸の鼓動が高鳴って痛いくらいだった。期待してはいけないと思っても期待してしまう。

「ありましたよ」

ルイザが訛りのある日本語で言った。年賀状を一枚差し出している。全体に黄ばんでいて、角が折れ曲がっている。「Ｈａｐｐｙ　Ｎｅｗ　Ｙｅａｒ！　２１せいきなんて、おどろきだね」と丸い文字で書かれている。二〇〇一年の正月にもらったものらしい。干支《えと》のヘビのイラストがついている。宛名《あてな》はルイザ、差出人は玉城カメと書かれていた。

「カメさんが沖縄に帰る前に、うちの妻が色々と身支度を整えてやったんです。それ以来、年賀状だけのやりとりですが、妻とカメさんの間で続いていたみたいですね。俺も知らなかったんですが」

「カメさんは今どうしているんですか？」

ペドロがルイザに何か言うと、ルイザは首を横に振って短く答えた。ペドロは風子のほうを見て言った。

「その年賀状を最後に、音信は途絶えているそうです。今日聞かれて、久しぶりにカメさんのことを思い出したって」

「あの、これ……」

「持っていっていいですよ」ペドロがあっさりと言った。

「いえ、写真をとるだけでいいですから」

「持っていっていいです。あんた、本当にカメさんにそっくりだから」

ペドロはそれ以上何も言わなかった。礼を言って、年賀状を受け取った。

玄関のドアノブに手をかけようとしたとき、ふと気になって振り返った。

「マテウス・オガタはその後どうなったのか知っていますか？」

ペドロは首をかしげた。

「さあ。知らないけど。昔の仲間に訊いてみようか？」

「お願いします」

風子は名刺を差し出した。口頭で自己紹介していたものの、名刺を出すのすら忘れていた。ペドロたちはそんな風子を不審がるわけでもなく受け入れた。

一瞬のうちに警戒心が湧《わ》いた。

「もしかして、ホルヘ・パルマさんとお知り合いですか？」

名前が出て、ペドロはぎょっとしたように目を見開いた。すぐに真顔に戻って答えた。

「知り合いだが、何でパルマの奴《やつ》を知ってる？」

すぐに外に飛び出せるよう、後ろ手でドアノブを握っておく。

ペドロはどちら側なのだろう。オガタの味方なのか、あるいは襲ってきた二人の男のようにオガタを憎む側なのか。品定めするようにペドロの顔を見た。

風子の警戒心が伝わったようで、ペドロは取り繕うように言った。

「すまん。実はパルマから聞いていた。オガタの娘が見つかったかもしれないって。奴は喜んでいたよ」

「それで、私が訪ねてきて、オガタの娘だとすぐに納得したわけですか？」

「まあ、オガタには似てないが、カメちゃんに似てるからね」

ペドロは気まずそうにあごをかいた。

「パルマさんは、どうしてオガタの娘を探していたんですか？」

「いや知らない。あいつ、オガタの娘を探していたのか？　見つけたと喜んではいたが、探していたとは知らなかった」

「ロドリゲスやイトウという人物を知っていますか？」

「よく調べてるな」ペドロは苦笑した。

「当時つるんでいたメンバーだ。ロドリゲス兄弟、イトウ兄弟だ。パルマとも知り合いだ。パルマは昔からお人好しというか、調子の良い奴で、悪く言えば脇が甘い。パルマのしくじりのせいで、仲間内でもよく揉め事が起きていたよ。イトウとロドリゲス、それぞれの兄弟のうち兄のほうか弟のほうか忘れたが、パルマのしくじりのせいで面倒ごとに巻き込まれて、パルマをボコボコにしたことがあった。当時は俺たちもシュッとしていて若かったから」

日本定住資料館で見たペドロの当時の写真は、今以上に太っていてシュッとした感じではないが、確かに体力は有り余っていそうだった。

「あのときパルマを助けたのがオガタだった。オガタはもともとリーダーっぽい感じだったが、俺たちの間に上下関係は特になくて横並びの組織だった。あの事件をきっかけに、パルマはオガタの弟ぶんみたいな感じになったな」

「パルマを襲ったロドリゲス兄弟やイトウ兄弟はどうなったんですか？」

「さあ、どうだったかなあ。何かの事故で亡くなったように思うけど。当時は流血なんて日常だったし、ぽっくり誰かが死んでもあんまり構いやしなかったっていうか。よく覚えていない」

さして関心のなさそうな口調だった。

「マテウス・オガタはどんな人でしたか？」

興味本位で訊くと、ペドロはパッと顔を明るくした。

「かっこよかったよ。ワルだけどね。でも、素性はよく知らない。本人が何も語らないから。親の代で日本に来たようで、日本語はネイティブだった。俺たちはずっと一緒にいたけど、自分たちの話は何もしなかった。今思えば、俺たちは何を話していたんだろうな」

ペドロは懐かしむように目を細めた。

若き日のマテウス・オガタが、妊娠中の恋人カメをペドロに紹介したのだ。オガタから見て、ペドロは信用が置ける人物だったということだろう。年賀状のやりとりがあるということは、カメのほうでも連絡先を教えるくらいにはペドロを信用していたことになる。

そのペドロが、風子に危害を及ぼすとも思えなかった。

「あ、うちの店でシュラスコ食べて行ってください。もう晩御飯どきだから」

ペドロはサンダルをつっかけると、風子を先導するように外に出た。店のほうに回って、先ほどの女性店員に何かを言いつける。風子はペドロに再び礼を言い、何か分かったら連絡をくれと頼んで別れた。

店員はいぶかしげに風子を見ていたが、しぶしぶといった感じで席に案内した。

サラダバーには、大きくカットされたパイナップルやキウイといったフルーツ類がどかんと並び、トマトや生野菜もどっさりと置かれていた。チーズとトマト、アスパラの炒め物などを取り分けて席にもどる。

興奮しているのが自分でも分かった。母に関するこれほどまでの情報をつかめたのは初めてだった。母に会えるかもしれない。頭の中ではせわしなく考えが湧いては消えた。再び一緒に暮らすことは可能なのだろうか。会ったら何と声をかけよう。期待しすぎるのはよくない。自分に向けた戒めを噛みしめるように何度も心の中で唱えた。浮き立っている自分を抑えようと、食べることに集中した。

炒め物は塩味以外ほとんど味がついていないのに美味しい。素材の味がそのままぶつかってくるようだった。厨房の火力が違うのかもしれない。

間もなく、男性の店員が肉の塊が刺さった鉄の串《くし》を担いで近寄ってきた。肉切り包丁で分厚く肉をカットする。イチボ、サーロイン、肩ロース、ランプと種類を変えて次々と運ばれてきて、あっという間に皿の上が肉だらけになった。

慌てて、席に置かれた紙製のカードを裏返す。コースターくらいの大きさの正方形のカードだ。表にはYESと書かれていて、裏返すとNOと書いてある。これ以上肉はいらないという段階になったら、NOにひっくり返す仕組みだ。

気を抜くと母のことを考えてしまう。調べる前にあれこれと想像しても無駄だと分かっている。今は肉に集中しよう。深呼吸をして、肉が盛られた皿と向き合った。

赤身が綺麗《きれい》なイチボを口に入れると、口いっぱいに肉汁が広がった。シンプルな塩の味つけが、赤身のさっぱりとした甘みを引き立てている。サーロインのほうは脂の甘みがより強い。肩ロースやランプはやや固かったが、その歯ごたえが癖になった。臭みは全くない。どれも塩味で、特殊なソースがあるわけではない。まさに肉を食べている、という感じだ。

ひとしきり食べ終え、コップの水を飲んだ。喉が渇いている。近くのピッチャーを引き寄せて水を注《つ》ぎ、もう一杯飲み干してやっとすっきりとした気分になった。

ひと息ついて、先ほどのペドロの話を思い起こした。

ペドロによると、パルマはお人好しではあるが脇の甘い男のようだ。直接会ったときに風子が抱いた印象とも一致する。パルマは何らかの理由で「オガタの娘」を探していた。探偵の高里から「見つかった」という連絡を受け、喜びのあまり色々なところで言いふらしたのだろう。ロドリゲスやイトウといった昔の仲間がそれを聞きつけ、風子を襲ったというわけだ。

鞄《かばん》に手を入れ、先ほど受け取った年賀状を取り出す。差出人の住所を見ると、「沖縄県うるま市宇堅《うけん》……」と書かれている。

スマートフォンの地図アプリで上空写真を確認した。白い屋根の一軒家が小さい田畑に囲まれて建っている。周辺写真を見ると、家の横には車が二台入りそうな駐車場がある。車は入っていないが、駐車場の隅に小さなパラソルが差してあり、その下にはバイクが一台とめてあった。人が住んでいる気配がある。

風子の手が震えた。宿に帰ってすぐに手紙を書こう。近くのコンビニエンスストアで便せんとペンを買えばいい。訪問したい旨の連絡をして、その後電話で予定を擦り合わせる。

これまで何度も経験してきた段取りだ。

だがこれほどまでに緊張するのは、自分の先祖だからだ。先祖を探す依頼人たちと毎日のように顔を合わせている。依頼人たちは一様に、期待と興奮、少しの緊張をはらんだ目をしていた。自分の先祖が気になるのは自然な感情だ。好奇心が彼らを興奮させているのだと納得していた。

だが自分の先祖をたどることになって、想像と少し異なる気持ちが湧き上がっていることに気づいた。

怖いのだ。

事実をはっきりさせるのが怖い。何も知らずにいれば、こうかもしれない、ああかもしれないと無数の可能性を捨てずにいられる。事実がハッキリしてしまえば、可能性を吟味する楽しみもなくなるし、自分というのが何者か、否応なく突きつけられるような気がして恐ろしい。

現に、風子は自分の来歴を理解しつつあった。だが思ったほどに嬉《うれ》しさはない。拾い集めた事実があまりに自分と遠いからだ。それらを統合して「これがあなたですよ」と突きつけられても、受け止めかたが分からなかった。

父は日系ブラジル人として日系人ギャングに所属していた。母は沖縄出身の者だという。そういった事実を並べられても、戸惑うばかりで生身の自分とのつながりがつかめない。だが少なくとも、玉城カメは風子と瓜二つだった。自分とのつながりを示す確固たる証拠のように思えた。

やたらと喉が渇く。もう一杯水を飲んでから席を立った。

三月半ばの沖縄は暖かかった。

那覇《なは》空港を出てすぐ、強い日差しに目を細めた。サングラスを持ってきたほうがよかったかもしれない。着ていたパーカーを脱いだ。白いTシャツと色の浅いリーバイスの50

1、コンバースの白いデッキシューズをはいていた。この天気ならサンダルでも良かったくらいだ。

年賀状に記載された住所に手紙を送ると、玉城幸子《さちこ》という女性から返事があった。電話で連絡を取って訪問日時を決めた。本当は電話でも話を聞き出したかったが、先方は警戒している様子だった。「来るなら来てもいいですけど」というテンションである。

無理に質問を重ねて、訪問の機会を逃すことだけは避けたかった。訪問日時を約束できただけでも大きな収穫だ。

那覇空港でレンタカーを借りて有料道路を進んだ。空は抜けるように青い。窓を開けると、湿り気のある風が入ってきた。潮の香りが鼻をくすぐる。鼻の怪我はやっと治ったところだった。

腕時計を見ると時刻は十一時四十分だ。約束の午後一時までは時間がある。県道におりたタイミングでルートを逸《そ》れて近くの食堂に入った。薄汚れた三階建てのビルの一階に位置する小さい店だ。「大漁」という旗が店の前に出ている。駐車場には、沖縄ナンバーの軽自動車が二台と大型のトラックが一台とめられていた。

沖縄らしいものを食べたいという気持ちもあったが、調べて食べに行くほどの余裕はなかった。

店に入って自販機で食券を買う。メニューの多さに目が泳いだ。「おすすめ」とシールが貼ってある「エビフライ定食」のボタンを押した。ぴったり千円だった。沖縄の物価からすると高いほうだ。

ブリーチした明るい髪の毛の女の子が自販機の前まで来て、無言で手を出した。食券を渡すよう求められていると気づくまで数秒かかった。食券を差し出すと、女の子が「お好きな席にどうぞー」と店全体に向かって言った。事務的というよりやけっぱちな感じの接客だった。

面食らいつつも隅のテーブルに腰かけると、食事は十分もせずに出てきた。ポテトサラダとキャベツ、エビフライが大皿に盛ってある。ご飯と味噌汁《みそしる》、もずくの小鉢、茶わん蒸し、刺身までついてきた。

エビフライはさっくり揚がっていた。身はぷりぷりと弾力がある。刺身はマグロの赤身が二切れ、ハマダイが二切れだ。マグロは身がもそもそしていたが、ハマダイが絶品だった。薄くピンクがかった白身は新鮮で、甘みがあった。刺身醤油《じょうゆ》も出ていたが、塩を一つまみ振りかけるだけで十分だ。

何の変哲もない茶わん蒸しにはアーサが入っていた。昆布だしと塩で薄く味がついている。ほんのり醤油の香りがした。つるつると飲み込んでしまう。味噌汁はシマ豆腐とニンジン、しめじ、もやし、レタスが入った具沢山なものだ。最後にさっぱりとしたもずくを食べると、腹はいっぱいになった。

再び有料道路に乗って、二十分ほど走って目的の家についた。

田畑の間にくねくねとした細い道が走っている。畑をこえ、木立をこえたらすぐ海という場所に、その家はあった。家の前の道幅は車一台がやっと通れるほどだ。路肩にとめておくこともできず、家の駐車場に入れさせてもらった。二台分あるそのスペースには一台も車がとまっていなかった。

車を降りると、むわんとした熱気に包まれた。日差しが強い。すべての色が東京よりもくっきりと眼前に迫ってくる。空や植物だけではない。土のこげ茶色、電柱の薄鼠《うすねずみ》色、交通標識の赤と白。何気ない日常の色が、やけに鮮やかに写る。自分の視力が急に良くなったかのような錯覚を抱いた。

背の低い木立の隙間《すきま》から、澄んだ青緑色の海がのぞいていた。耳を澄ますとざあざあという波の音が聞こえる。突風が吹いた。木立が一斉に揺れる。波の音は風にかき消され、代わりに磯の香りが届いた。

家の前の空き地には、ソテツの木が五、六本植えられていた。幹は腰をくねらせるように思い思いの方向へ伸び、頭だけは天頂へまっすぐ向いている。正面の一本の木が車道へはみ出ていた。大きな葉は力強く、こちらに手を伸ばすように広がっている。カメの暮らしを見守ってきたソテツだ。そう思うと、ただのソテツが大切なモニュメントのように感じられた。

家のほうを振り返る。鉄筋コンクリート造の平屋だ。白い塗装はところどころ剝《は》げている。瓦などはない。陸屋根といわれる平らな屋根をしていた。

深呼吸をしてインターホンを押す。五十代と思われる小柄な女性が出てきた。顔は見事に日焼けしている。気持ちのいいくらい思い切った短髪で、遠目に見ると男か女か分からない。口元からのぞく白い歯は快活そうで、印象が良かった。

「玉城幸子です」

女性は軽く頭を下げて言った。

顔を上げると、幸子と名乗った女性は目を見開いた。「まあ、なんてこと」とつぶやいて、風子をまじまじと見つめる。

カメとそっくりであることに驚いているのが伝わってきた。

風子は名刺を取り出して自己紹介した。

「来たらいいとは言いましたけど、本当にいらっしゃるんですねえ」

言葉だけ聞くと嫌味な口調だが、幸子はニコニコしている。電話口ではつっけんどんな印象だったが、本人はいたって朗らかに話していたつもりなのかもしれない。

居間に上げてもらい、香炉《こうろ》庵《あん》の東京鈴もなかを差し出した。

「あらまあ、可愛《かわい》い。鈴の形をしているのね。東京には洒落《しゃれ》たもんがあるんだこと」

幸子はすぐに包みを開けて破顔した。やはり言葉づかいは嫌味っぽいが、本人は無自覚らしい。言葉のイントネーションに訛りはあるが、方言らしい方言は使わない。幸子は長年、小学校の先生をしているという。

涼しげな水色の琉球《りゅうきゅう》グラスに麦茶を入れて出してくれた。断って一口飲むと、身体じゅうに染みわたるように美味《うま》い。いつのまにか汗をかいていた。ハンカチを取り出して額を拭う。

「今回おうかがいした経緯なのですが」

手紙でもかいつまんで伝えていたが、改めて事情を説明した。母を探していること、母の名前はおそらく玉城カメということ、ここの住所からカメは年賀状を出していること。

カメの年賀状を鞄から出して渡すと、幸子は手に取ってまじまじと見つめた。

「あらまあ、カメさんたら、こんなもの出してたのね」

ひらひらと返して表裏を確認しながら、幸子は言った。

「カメさんは、うちにおりましたよ。そうね、もう二十年以上前にふらっと帰ってきて、身を置かせてくれと頭を下げていました。あっ、私はね、カメさんの従姉《いとこ》の娘にあたるんです。ここはカメさんの従姉の家ということです」

「カメさんは今どちらに？」

緊張で声がかすれた。手のひらに汗がにじむ。

幸子は部屋の障子をあけて、続きの和室をあごで指した。

奥の和室には、小さな仏壇が置いてあった。三枚の写真が並んでいる。男性と女性が隣り合って並んでおり、少し離れたところに、女性の遺影があった。

離れたところに飾られた女性の顔は、風子そっくりだった。風子が年をとったらこうなるだろう、という顔そのものだ。といっても四十代後半か、せいぜい五十代前半にしか見えない。

紺色の丸首のカーディガンを着て、ふんわりと笑っている。短い髪はまだ黒々としていた。大泉町の日本定住資料館で見た写真よりは顎が丸くなっている。

身体から力が抜けるのを感じた。カメはもう亡くなっていたのだ。

これまでの話を総合すると、カメが母親だろうと言ってよかった。

だが、いざカメが亡くなっていると知った途端、「カメは本当に自分の母親なのだろうか」「実は人違いで、実の母は別のところで生きているのではないか」と都合よく考え始めてしまう。

「カメさんがこちらの家にこられたのは何年のことですか？」

風子が尋ねると、幸子は指を折って数秒考えこんだ。混乱したのか、スマートフォンを取り出して、カレンダーアプリを操作した末に、「この年の秋のことです」と画面を見せた。

風子が五歳、母と生き別れた年に違いない。

目の前が暗くなるような気がした。何に落ち込んでいるのか分からない。母が風子を捨てて自分だけ地元に帰っていたという事実にショックを受けているのか、あるいは母が亡くなっているということを知ってショックを受けているのか。

「カメさんが亡くなったのは？」

「ええと、このあいだ七回忌をしました。乳がんでねえ。まだ四十六歳だったのに、本当に可哀想《かわいそう》で……」

幸子は言葉を詰まらせた。

遺影は何かの集合写真をむりやりトリミングしたもののようだった。遺影を準備するような年齢でもない。

「でも、ウトちゃんが訪ねてきてくれてよかったね。ねえ、カメさん」

幸子は遺影に向かって話しかけた。

「ウトちゃんと会いたいって、言ってたものね」

「ウトちゃんというのは？」

風子は目を丸めて幸子を見た。

「カメさんの娘さんの名前よ。ウトちゃん。カタカナでね。今どき珍しい沖縄の名前ねえ」

ウト、ウト、玉城ウト……。

口の中で声を出さずに唱えてみる。

自分の本当の名前は、玉城ウトというのか。

幼いころの記憶を必死で手繰り寄せようとするが思い出せない。ウトという音を聞いても何も思い浮かばないのだ。

「あの、カメさんは娘について、他に何か言っていましたか？」

「ああえっと、あなた五歳くらいのときに施設に預けられたのよね？」

風子はうなずいた。簡単な来歴は幸子に話してあった。

「初対面の私が言うのもなんだけど、カメさんを悪く思わないでね。カメさんね、戸籍がなかったのよ」

幸子は落ち着いた声色で言った。

戸籍がなかった？

唐突な話題に風子は戸惑いながらも、幸子の話の続きを待った。

「カメさん家《ち》は、祖父母の代で沖縄からブラジルに移住したの。一九三〇年代半ばのことね。カメさんのお母さん、カマドさんていうんだけど。カマドさんはブラジルで生まれた。ちょうどね、東京オリンピックの年に二十歳《はたち》になって、そこに運命的なものを感じたらしいの。せっかくだからオリンピックを現地で観戦しようと思って、日本に帰ったの。ところが日本からブラジルに帰れなくなっちゃってね」

当時、海外定住日本人が帰国するにあたって「帰国のための渡航書」というものが発給されたらしい。これがパスポート代わりになった。ところが渡航書はあくまで一回限りのもので、日本から外国に渡航するには日本国内でパスポートを作る必要がある。東京オリンピックが終わって、パスポートを作ってブラジルに帰ろうとしたところで問題が発生した。パスポートを作るためには戸籍が必要だが、カマドには戸籍がなかったのだ。

「カマドさんは一九四四年生まれなんですって。ちょうど戦争でバタバタして、在サンパウロ総領事館が引き揚げてしまっていた時期みたい。出生届を出そうにも出せない状況だったのよ。本国に直接届け出をしたなら戸籍はできたはずなんだけど。いずれにしても、沖縄県内の戸籍は戦争でほとんど焼けてしまってねえ」

沖縄は特に焼失した戸籍の数が甚大《じんだい》だったと聞く。焼けた戸籍を再製するには、本人が申し立てた内容に従うしかない。だが本人が海外にいると、本国がそのような状況だとはなかなか知りえない。それでそのままになった結果、無戸籍者が多く発生した。

日本国籍を持つ者しか戸籍には掲載されない。戸籍は「日本人であること」を証明する機能を有している。というか、現状ではもはやその機能しかないと言ってもいい。ブラジルに住んでいるぶんには、日本国籍がなくとも、戸籍がなくとも困らない。だが「自分は日本人だ」というアイデンティティーを持って日本に帰国した途端、無戸籍という問題が突きつけられる。戸籍がない、国籍がないからまともな仕事に就けない。かといってパスポートを作れないからブラジルに帰ることもできない。

「カマドさんが無戸籍だったから、娘のカメおばさんも無戸籍でね。相当苦労したみたいよ。沖縄の親戚を訪ねてくるときも、友達の名前を借りてチケットをとっていたみたいだし。携帯電話一つ契約できなくてねえ」

幸子はしみじみと言った。

「ごめんなさいね。暗い話で。でもカメおばさんが本当によく、その時の苦労話をするものだから……」

手続きを踏めば、無戸籍者が戸籍を取得することもできる。だが予備知識のない一般市民が自力で手続きを完了するのは至難の業だ。カマドやカメも何度か試みて、その度に失望を味わっていたのかもしれない。

「キミンは戸籍をとれないが、キジなら戸籍をとれるから、って。カメおばさんの口癖よ」

「キミン？」

耳で聞いて、すぐには理解できなかった。風子が理解できなかったことを察したのか、幸子は補足した。

「棄《す》てられた民と書いて、棄民《きみん》。一度国から棄てられると、なかなか助けてもらえないって。でも日本は捨て子には優しいの。棄てられた子供、棄児《きじ》だったらすぐに戸籍がもらえる」

「まさか、それで――」

頭の上に雷が落ちたような衝撃だった。言葉が続かなかった。

そういうことだったのか？

バラバラに知っていた情報が一つの絵になって自分の前に立ち現れてくるようだった。

確かに、親元が分からない捨て子の場合、ほぼ確実に戸籍が取得できる。

他方、無戸籍の親を持つ子供の場合、そうはいかない。膨大な手続きを経て、認められるかどうかというところだ。

棄民の子供は戸籍をとれないが、棄民が捨てた子供なら戸籍をとれるのだ。

「私に戸籍をとらせるために、母は私を捨てたのですか」

乾いた声が出た。いつの間にか、右手を強く握りしめていた。

そんな馬鹿らしいことがあるのだろうか。親子の縁か、国からの保護か。二者択一を迫られて、子供に国からの保護を受けさせるために母は身を引いた。

「棄民の親はいないほうがまし、ってね。カメさんいつも言っていた。悲しそうだったけどね」

遺影の中でカメは控えめに笑っている。

母は、名前も住んでいるところもすべて忘れなさいと言った。何を聞かれても「分からない」と答えなさいと。無戸籍である自分から娘を切り離すために。どんなに辛《つら》い決断だったろう。母の心中を想像すると、胸が詰まった。

だけど、お母さん。

それなら戸籍なんていらなかった。お母さんと一緒にいるほうがよかった。

風子のなかにいる小さい風子が叫んでいた。

戸籍なんていらない。国からの保護なんていらない。私も棄民でよかった。

そう思うのは、風子が恵まれているからだろうか。カメのように無戸籍の辛さを味わった者からすると、甘い考えなのかもしれない。カメの決断をあとから批判するのはずるいのかもしれない。

それでも風子は思わずにいられなかった。

戸籍なんかのために、私たちを引き裂かないでよ。

紙きれ一枚のために、二十年以上孤独を強いられたのかと思うと、腹が立った。母に対してではなく、もっと大きなものに対する怒りだった。自分の人生がちっぽけで、激流にのまれる小石のようにままならないことが腹立たしい。母の人生も同じだ。

握りしめた右の拳の中では、爪が手のひらに深く刺さっていた。

「こちらにお邪魔してから、カメさんは……いえ、母は、どのように過ごしていたんですか？」

　せめて母の日々が心穏やかなものであってほしい。そう願いながら訊いた。

「畑仕事がメインでしたね。身分証がないから、働きに出るわけにもいかないし。工場で働いていたときよりは人間らしくしていいって、本人は楽しそうにしていましたけど。でも保険証がないからかなあ。体調が悪くてもなかなか病院に行かなくてね。もっと早く病院に連れて行っていたら、乳がんも早くに見つかったかもしれないのに。本当に可哀想なことをしました」

　二人の間に沈黙が流れた。網戸の向こうから小豆を転がすような波の音が聞こえる。病院にも行かず、体調不良に耐える母の姿を想像した。辛かっただろうか、痛かっただろうか。胸が締めつけられるようだった。

　幸子が立ち上がり、続きの和室に入っていった。押入れを開け、腰をかがめて中を物色すると、一冊のアルバムを持って戻って来た。カメラ屋で写真を現像するともらえる簡易な紙のアルバムだ。表紙は日焼けを全くしていなかったが、赤と緑のレトロな配色を見ると、十五年か二十年くらい前のものに見えた。

「これ、良かったらもらってください。他に形見も何もありませんので」

　風子はアルバムを受け取り、恐る恐る表紙を開いた。

　まだ若い母がいた。想像よりもふっくらとしている。耳の垂れた茶色い雑種犬を抱いていた。子犬はだらしなく口を開け、甘えるように母を見上げている。子犬を見る母は頬を緩ませている。一匹と一人、同じような表情をしているのが微笑《ほほえ》ましい。目の奥が熱くなった。

「それはね、コロって犬。その子もだいぶ前に死んじゃったけど。カメおばさんがよく可愛がってくれてねえ」

写真の隅にある刻印された日付を見ると、二十年前の冬だ。娘を捨てた罪悪感から、犬を可愛がっていたのだろうか。そう邪推したくなる意地悪な気持ちが湧いたが、写真の中のカメの表情を見ているとすぐに消えてしまった。

寂しい生活の中でささやかな安らぎを見つけて暮らしていたのだ。母は幸せだったのかと抽象的に考えているときは何ともなかったのに、生活の一コマを具体的に突きつけられると、胸が詰まった。

震える手でアルバムをめくる。美味しそうに沖縄そばを食べる母、ちょっと寝癖のついた母、キティちゃんのフリースベストを着た母、カラオケのマイクを握る母。風子の知らない母の姿が収まっていた。

どの母も、ジーンズを穿《は》いている。

そのことに気づいたとき、風子の口から嗚咽《おえつ》が漏れた。体型が似ているから、好む服装も似ていたのかもしれない。頭ではそう思ったが、感情の波は抑えられなかった。これ以上ページをめくることができず、アルバムをそっと閉じた。

「ありがとうございます」声を絞り出して言った。「これは大切に、あとで拝見します」

幸子はうなずいた。二人はしばらく黙っていた。風子に平常心が戻り、視界がはっきりしてきた頃に、幸子が遠慮がちに切り出した。

「あの、カメおばさんに線香をやってくれませんか」

「もちろん」

線香を幸子から受け取る。

幸子は仏壇のロウソクに火をつけながら言った。

「ウトちゃんって珍しい名前でしょ。ウトって名前、前に沖縄で流行《はや》ったのよ。前って言っても、かなり前。戦前くらいの話らしいけど。ブラジルに行った人たちは妙に古風なところがあって、生活習慣とか名づけとか、昔の日本をそのまま引きずっていて可笑しいのだけど……。沖縄の言葉でね、祖先の霊に線香をあげて合掌することをウートートーっていうのよ。そこから取ってウトなんですって」

風子はロウソクから火をもらい、線香をあげた。

両手を合わせて目をつぶる。

不思議と何も浮かんでこなかった。母にかけるべき言葉が見つからなかった。母の一生が幸せなものだったかどうか分からない。想像して勝手に決めつけるのもはばかられた。

でも、これだけは言える。

——母さん、やっと見つけたよ。

4

三月下旬、東京で桜がちらほら咲き始めた。上野公園のまわりは急に騒がしくなり、人の足が千駄木のほうまで延びてくる。

風子の探偵事務所があるへび道でも人通りが増えてきた。「穴場スポット」として観光ブログに紹介されているという。

事務所の窓を開けて空を見上げる。すこんと晴れた空が広がっていた。そよ風が吹いた。七分袖《そで》のカットソーがちょうどいい気候だ。

事務所の階段をあがる足音が聞こえる。ノックもなく扉が開いた。

階下の喫茶店「マールボロ」の店主、戸田康平だ。

康平は黙ったまま、応接テーブルの上に紅茶のポットとカップを置いた。

「頼んでないよ」

冷たく言ってみたが、康平は構わずソファに腰かけた。聞いて欲しい話があるとき、康平はこうして訪ねてくる。申し訳のように紅茶を淹《い》れて。

康平は仏頂面のままカップに紅茶を注いだ。

桜の葉の甘い香りが周囲に広がった。飲むまでもなく桜のフレーバーティーだと分かった。

康平の正面に腰かけると、カップに口をつけた。桜餅《さくらもち》を嗅《か》いでいるようだった。甘い香りのなかに、優しい塩気がある。穏やかなのに物悲しい味わいだ。

「結局、離婚したんだ」

「そんなことだろうと思った」

康平は、事務所が入っているビルのオーナー、昌子と結婚していた。ところが昌子は好きな人ができたという理由で家を出ていた。その好きな人とは上手《うま》くいかなかったようだが、かといって昌子は元鞘《もとさや》に戻る気もないらしい。康平に離婚届を送りつけていた。

康平と風子は何を話すわけでもなく、一杯目の紅茶をしんみり飲んだ。

再びポットを持って紅茶を注ぎながら、康平は口を開いた。

「お母さん、見つかったんだって？」

風子はうなずいた。

「もう亡くなっていたけどね」

「まあさ、生きてりゃいいってもんでもないよ。生きていると相性が悪かったり、喧嘩したり、それはそれで揉めるんだよ。親ってのは」

康平が慰めるように言った。カップを静かにテーブルの上に置いた。

「そもそも、お父さんに会いに行ったんじゃなかったのか？」

「うん、元々はそのつもりだった。けど、会った人は父親じゃなかったし、実際の父親はブラジルに帰ったあとだった」

シュラスコ屋の店主ペドロと会って数日後、ペドロから連絡が来た。「マテウス・オガタはすでにブラジルに帰ったらしい」と教えてくれた。

九〇年代に日系人ギャングとして活動していたオガタは、二〇〇〇年代に入ると地元の工場に就職したらしい。ところがリーマンショックによって退職を余儀なくされ、日本を去ったという。

どうやってオガタの消息をたどったのか訊くと、ペドロは苦笑しながら「パルマだよ」と言った。

パルマは「娘を探している」と嘘をついて風子に接近してきた。オガタとはずっと連絡を取り合っていたらしい。日本に残した娘の現状をオガタに伝えたい一心だったという。

パルマはすい臓がんに侵されていた。これは嘘ではなかった。自らの余命が短いと悟り、古い友人のオガタのために出来ることを考えた。

風子の近況を訊いたり、写真を撮ったりしたのもオガタに共有するためだったのだ。だが旧オガタから口止めされていたため、風子を探している理由は隠そうとしていた。だが旧知の仲であるペドロの揺さぶりには屈した。やはり脇の甘い男なのである。

「お父さん、まだ生きてるんだろ。会いに行くのか？」

康平が訊いた。

風子はカップを手に持ちながら首をかしげた。

「分からない。生きていると言っても、ブラジルのマフィアとつるんで相当あくどいことをして暮らしているみたいだし。ひょっこり会いに行って会えるようなものでもないと思うな」

ため息をついた。

妊娠中の母を捨てて出て行ったような男だ。いまさら娘の顔を見たいというのも勝手なものだと思う。

パルマはオガタに対して恩義を感じているようだが、風子は何も感じない。所在が分かると、それ以上の関心が持てなかった。わざわざブラジルに行ってまで会いたいとは思わない。

だがそれも、オガタが生きていると知っているからだろうか。いざオガタが亡くなったら、一度くらい会っておいてもよかったと後悔するのだろうか。

これまでの人生の中で「父親」と直面するのは初めてだった。父親とは会いたいと思うものなのか、会わないと没後に後悔するものなのか。父親という存在が自分の心に与える余波すら、うまく想像できないのだった。

会わなくてもいい。知っているだけでいい。

風子は自分に言い聞かせた。会いたい気持ちを無理にのみ込むわけではない。会いたいと思っていない今の自分の気持ちを、ありのままに認めてあげたかった。

自分がどこから来た存在なのか、先祖とのつながりを知るだけで、地に足をつけていられる。それで十分だった。

両親が見つかった以上、事務所を続ける理由はなかった。だが、自然と風子の気持ちは固まっていた。人の縁をたぐるこの不思議な仕事を、もう少し続けてみたい。

これまで風子は、人は孤独なのが当たり前だと思っていた。どんなに友達がいても、家族がいても、一人同士が寄り添っているにすぎない。そう考えていた。

だが孤独であることは、どだい無理なのかもしれない。人の縁の中でしか人は生まれないし、生まれた瞬間から人の縁に組み込まれる。それは鬱陶《うっとう》しい蜘蛛《くも》の巣のようでもあり、大海に投げ出された救助ロープのようでもある。

窓際に置かれた水槽の中でカエルが大きく跳ねた。開け放った窓から突風が吹きこんだ。カーテンレールの金具が、カラカラカラッと軽快な音を立てる。

桜の花びらが一枚、舞い込んだ。このあたりに桜の木はないはずなのに。

手のひらに落ちた花びらを見て、風子はつぶやいた。

「君は一体、どこから来たんだろうね」

〈特別対談〉辻堂ゆめ×新川帆立

法学部はミステリーと親和性あり

――お二人は宝島社主催の『このミステリーがすごい！』大賞からデビューされましたが、東大法学部出身など経歴にも共通点がありますね。

辻堂ゆめ（以下、辻堂） 同世代で、大学には公立高校から行っていてとか、アメリカにいたことがあるとか、けっこう被《かぶ》ってます。

新川帆立（以下、新川） 辻堂さんは在学中にデビューされて大学でも話題でした。最近は東大法学部出身のミステリー作家がけっこういるせいか、ミステリーの名門みたいに言われていて。

辻堂 法学部はミステリーとの親和性がありますからね。リーガルミステリーというのもあるくらいだし。

新川 刑事事件とか絶対刑法が関係してくるし。

辻堂 私、法学は好きじゃなかったけど、刑法は勉強になると思ったし、実際面白かった。ミステリーを書くなら法学部はいいかもしれないですね。

新川 でも作風はそれぞれ違うから面白い。『トリカゴ』を拝読したときも実感しました。『トリカゴ』では参考文献として井戸まさえさんの『無戸籍の日本人』が挙げられていました。同じ書籍を『先祖探偵』の執筆でも参考にしているのですが、出来上がった作品の雰囲気は全然違う。

辻堂　私が驚かされたのは、戸籍一つでここまで話が作れるのかということ。幽霊戸籍、棄児戸籍などいろいろな視点があって、よくネタ切れしないなと。私は無戸籍についてだけだから。

新川　『先祖探偵』のレビューを読むと、「無戸籍問題を扱っている本です」みたいに書かれることが多かったんですね。自分としてはそういうつもりは全くなくて、純粋な探偵ハードボイルドものとして書いています。NHKの「ファミリーヒストリー」をヒントに先祖を辿《たど》る探偵にしようと。好きな番組だったので。

辻堂　なんで先祖に着目したんだろうと思っていたけど、そういうことだったんですね。

新川　先祖を辿るには戸籍を見ることが第一ステップになるけれど、難しいのは戸籍のない人ですよね。それで、探偵のミッション、難易度を上げるために無戸籍を取り上げたんです。『トリカゴ』はどういう着想から生まれたのですか。

辻堂　『トリカゴ』も以前から警察小説にチャレンジしたいという思いがあって生まれた作品です。そこに、無戸籍者が集う秘密のユートピアみたいな場所があるという設定を思いついたことから、主人公を刑事にすれば組み合わせてできるなと。

新川　私が無戸籍者の話を書くとすれば、おそらくユートピアの住人の視点で書いちゃうんですよ。辻堂さんはその外側の、刑事の視点でわかりやすく書かれている。まさに作家性の違いだと感じます。

辻堂　違いというなら、そもそもハードボイルドを書こうと思ったことがない（笑）。

新川　なるほど。私の場合、ハードボイルドを書いていきたいんですよね、ミステリーよりも。

辻堂　作風からなんとなくわかります。それにしても先祖というのは面白いモチーフですね。場合によってはその人のアイデンティティにも関《かか》わってくるわけで、主人公の風子《ふうこ》がまさにそう。最初のエピソードで何か陰があるというのが伝わってくるので、どこに行きつくんだろうと最後まで興味深く読めました。

新川　出自というのは、生き方の選択肢を狭めてしまうような不自由さに繋《つな》がることもあるんだろうと思います。人の縁に助けられることもある一方で、それが足かせになることもある。人の縁は本当に深いなとしみじみ感じました。先祖という存在を通して、そんなこともちょっと書きたいなと思っていました。

海外生活は「小説」を生む！

――『先祖探偵』は探偵の風子が全国いろいろなところに行くトラベルミステリーの要素もあります。

新川　書き始めたのはコロナ禍の真《ま》っ只中《ただなか》で旅行にも行けない頃《ころ》だったから、代わりに小説を読んで旅行気分に浸ってもらえたらなと考えていました。本当は全国各地に取材に行きたくて始めた企画なのですが、結局どこにも行けませんでしたね。

辻堂　じゃ、全部調べて書いたんですか？

新川　はい、資料を読んで。当時住んでいたシカゴで書いたんですよ。

辻堂　すごい。でも本当に行ったかのように書いていますよね。その土地土地でおいしそうな料理も出てくるし。

新川　和食がすごく恋しい時期だったんです。でも海外にいて正統派の和食にありつけないから、無限に調べちゃうんですね。すると、おいしそう、食べたい、書きたいという気持ちがどんどん募って、むしろ、食べて書くよりもおいしそうに書けたかもしれない。

辻堂　わかります！　私もアメリカに住んでいた中学から高校にかけての四年間というのは、人生の中で一番日本が好きな時期だった。日本語が好きになっちゃって、日本語に向き合っていたくて小説みたいなものを書くようになったし。小説家になったのも絶対アメリカに住んでいたからだと思っています。

――その頃はどんな本を読まれていたのですか？

辻堂　通っていた日本人補習校にあった中学生向けの本を片っ端から。好きな本は手に入らないので、あるものを読むという感じでした。後は、第二次世界大戦関連の小説とかノンフィクション。このあたりは親が買ってきたものなので、もう完全に誘導ですね。

新川　私、辻堂家の教育事情にすごく興味があるんです。数ある辻堂ゆめ伝説の中でも衝撃を受けたのが、一歳半くらいで文字を読んでいたという。
辻堂　自分で訂正するのもなんですけど、一歳になる前みたいなんですよ（笑）。
新川　さらにヤバい！
辻堂　あいうえお表を見ながら親が「あ」と言うと、その文字を指すというのが五十音でできたと母は言ってます。もちろん私自身にその記憶は全くないですが。
新川　私は小さい頃は鏡文字をよく書いていたみたいだし。オオカミなのかオウカミなのかとか、十歳を過ぎてもよくわからなかった。漢字も書けないし、国語は苦手でした。
辻堂　だって受験まで理系なんだよね。最初それを聞いたとき、驚いた。
新川　センター試験で理系科目はすべて満点だったんですよ。でも、国語は二百点満点中の百二十点くらい。合算すると至って凡庸な成績でした。
辻堂　でも、それで小説を書くことに抵抗感はなかったんですか？
新川　日本語だから書けるだろうという気持ちで始めてみたら、遥《はる》かに奥深いと思い知らされました。それまでは本を読んでも意味を抽出する作業でしかなく、風景描写もそういう風景があるという認識だけ。その美しさを気に留めることはなかったです。
辻堂　もしかして、変化のきっかけがありました？　『先祖探偵』を読んだときに、デビュー作の『元彼の遺言状』と随分変わられたなと感じたんです。すごく描写にこだわられている。一話から五話まで全部最初に風景描写があるし、食べ物の描写もそうですよね。

新川　『このミス』大賞を受賞した後、選考委員の大森望さんに、「君の原稿はプロットに必要なことしか書いてなくて、良くも悪くも筋肉質原稿だから、おいしい贅肉《ぜいにく》を書けるようになるといいね」と言われて。それがずっと頭にあったんです。『先祖探偵』は旅情ものだから、おいしい贅肉部分が大事だなと思って。それを書こうというのが、この作品の一つの目標でした。

まだ犯人がわかりません……

――辻堂さんは転機になった作品などありますか？

辻堂　湊かなえさんの『告白』ですね。高校一年の時に一時帰国した際、成田空港でたまたま手にした一冊ですが、それまで読んできた小説とは全く違っていて衝撃を受けました。ミステリーなんて書いたことなかったけど、趣味程度で書いていた小説もこっちがいいとなって今に至ってます。

新川　それが意外なんですよね。湊かなえさんは一般的にイヤミスと言われる作品も多いけれど、辻堂さんの作品はテイストが違いますよね。どういう影響を受けているのか気になります。

辻堂　ミステリーってこんなにも読者に衝撃を与え得るものなんだと驚かされました。物語の力と言えるのかもしれません。先祖の謎《なぞ》を辿るこの小説もそうですが、ミステリーの構造を持ち込むことで作品に広がりが出てくるし、ミステリーそのものにも広がりが生まれる。そうした構造的なミステリーの魅力を知るきっかけだったなと思っています。

新川　ミステリーを書いていきたいという思いの背景はそこにあったんですね。ただ最近の作品を拝読すると、ミステリーの要素はありつつも社会派の流れをくんだものや、親子関係という新しい軸が加わったものも書かれていますよね。

辻堂　それに関しては、親子とか同世代の関係性を書くのが楽しいと話す作家さんたちの影響を受けています。交流を重ねていくうちに、キャラクターを掘り下げるという視点が私にはなかったことに気づかされたので、新たなチャレンジのつもりで書いています。

新川　ちなみに、キャラが勝手に動き出すと作家のみなさんはよくおっしゃいますけど、辻堂さんの場合、その経験は？

辻堂　ストーリーラインにあまり影響しないところで動いていることはあるかもしれないけど、大まかな流れは動かない気がします。

新川　実は今日締め切りの原稿があるんです。ミステリー長編の十回連載のうちの九回目で。

辻堂　一番大事なとこですね、最終回の前って一番動きますもん。
新川　でも、犯人がわからない……。
辻堂　えーーっ！
新川　いや、全く思いつかないというのではなく、何パターンもあり得るなと。それを吟味していたら締め切りが来てしまった。だから、勝手に動き出して犯人を決めてくれないかと思っていて。
辻堂　逆に楽しみになってきた、犯人がどうなるのか（笑）。刊行が決まったら教えてください。それにしても、本当に次々と書かれますよね。『先祖探偵』も第二巻があるそうですが、旅もののコンセプトはそのままですか？
新川　はい。一巻で行ってないところに行って、日本全国都道府県を一つずつ巡っていこうと目論《もくろ》んでます。今度こそ取材旅行に行きたい。
辻堂　取材旅行は私も憧《あこが》れです。行ったことがないんです。
新川　あと取材旅行とは別に、今度一緒にヌン活（アフタヌーンティーを楽しむ活動）しませんか。せっかく日本に帰ってきたので、おいしいものを沢山食べたいと思っています。

（2023年9月20日〈水〉　角川春樹事務所　会議室にて）

構成・石井美由貴

辻堂ゆめ（つじどう・ゆめ）
1992年、神奈川県生まれ。東京大学法学部卒。第13回『このミステリーがすごい！』大賞優秀賞を受賞した『いなくなった私へ』（「夢のトビラは泉の中に」を改題）でデビュー。2022年『トリカゴ』で第24回大藪春彦賞を受賞。近著に『君といた日の続き』『答えは市役所3階に 2020心の相談室』『サクラサク、サクラチル』など。

〈参考文献〉

遠藤正敬『戸籍と無戸籍　「日本人」の輪郭』（人文書院、二〇一七）
丸山学『ご先祖様、ただいま捜索中！　あなたのルーツもたどれます』（中央公論新社、二〇一八）
丸山学『先祖を千年、遡る　名字・戸籍・墓・家紋でわかるあなたのルーツ』（幻冬舎、二〇一二）
宮本常一『忘れられた日本人』（岩波書店、一九八四）
木村哲也『『忘れられた日本人』の舞台を旅する　宮本常一の軌跡』（河出書房新社、二〇〇六）
鈴木冨美夫（監修・執筆）、印南敏秀（寄稿）『澤田久夫写真集　奥三河物語』（樹林舎、二〇〇八）
川島秀一『ザシキワラシの見えるとき　東北の神霊と語り』（三弥井書店、一九九九）
川島秀一『憑霊の民俗』（三弥井書店、二〇〇三）
山田清機『寿町のひとびと』（朝日新聞出版、二〇二〇）
井戸まさえ『無戸籍の日本人』（集英社、二〇一八）
水野龍哉『移民の詩　大泉ブラジルタウン物語』（ＣＣＣメディアハウス、二〇一六）

本書は二〇二二年七月に小社より単行本として刊行されました。

Haruki Bunko
ハルキ文庫

し 18-1

先祖《せんぞ》探偵《たんてい》

著者
新川《しんかわ》帆立《ほたて》

2023年11月18日第一刷発行

発行者
角川春樹

発行所
株式会社角川春樹事務所
〒102-0074 東京都千代田区九段南2-1-30 イタリア文化会館

電話
03（3263）5247（編集）
03（3263）5881（営業）

印刷・製本
中央精版印刷株式会社

フォーマット・デザイン　芦澤泰偉
表紙イラストレーション　門坂 流

ISBN978-4-7584-4603-7 C0193 ©2023 Shinkawa Hotate Printed in Japan
http://www.kadokawaharuki.co.jp/［営業］
fanmail@kadokawaharuki.co.jp［編集］　ご意見・ご感想をお寄せください。